三岛 由纪夫

假面の告白
かめん こくはく

三岛由纪夫

假面的告白

（日）三岛由纪夫 著

岳远坤 译

北京联合出版公司
Beijing United Publishing Co., Ltd.

雅众文化 出品

美——"美"这种东西,真的太可怕了!它没有固定的规矩,所以才非常可怕。上帝总是爱给人类设下谜题嘛。在"美"的世界里,两岸合二为一,所有矛盾都住在一起。我没有学问,但这件事我却想了很久。神秘真是无处不在!在这个地球上,还有很多未解之谜折磨着人类。若能解开这些谜,简直就像从水里出来却不沾一点水。美啊!我最不能忍受的是,就连一些非常优秀的人,原本拥有美丽的心灵和卓越的理性,也往往胸怀圣母的理想起步,以索多玛的理想而告终。不,还有更可怕的!那就是胸怀索多玛之志的人,同时也不否定圣母的理想,宛若在纯洁的青年时代,发自内心地燃起对美好理想的憧憬。人的胸怀真是宽广。是太宽广了。如果可以,真想让它稍微变得狭窄一些。他妈的,我已经完全搞不懂了,真的!理性之眼中的污秽,在感性之眼中却成了壮美。索多玛的恶行中到底有没有美呢?……

……然而,人这种生物,只愿讲述自己的痛苦。

——陀思妥耶夫斯基《卡拉马佐夫兄弟》
第三篇第三节 炽烈的心之忏悔 诗[1]

1　此处《卡拉马佐夫兄弟》的引文根据日文转译。

第一章

曾经很长一段时间,我都声称自己曾亲眼看见自己出生时的情景。每当我这么说,大人们都会笑起来。甚至到了最后,他们大概以为我故意取笑他们,便盯着我这张没有半点童真的苍白的脸,眼中泛起一丝憎恶。有时候,祖母碰巧听见我对不太熟悉的客人提起这件事,便恐怕我被人当成傻子,慌忙厉声打断我,让我到一边玩儿去。

那些嘲笑我的大人,通常试图用一些科学道理说服我。比如说婴儿刚出生时眼睛还没有睁开,或者说什么即便睁着眼,婴儿也不可能具备足够清晰的意识,把当时看到的情景留在记忆里。为了让孩子理解,他们一定会鼓足精神,带着一种具有表演性质的热情,费尽心机地进行浅显易懂的说明。若见我依然一脸狐疑,他们便会摇晃我的肩膀,催促我表示认同:"对吧?"在此期间,他们好像意识到一个问题,以为自己差点上当受骗。"小屁孩也不能掉以轻心啊。他肯定是要给我下套，想从我嘴里打听'那种事'呢。既然如此，为什么不能像其他小孩一样，直接问'我是怎么出生的，我是从哪里生下来的'呢?"到最后，他们必然像伤了心似的，脸上浮现出一丝淡淡的微笑，紧紧地盯着我。

他们真的是想多了。我并非要打听"那种事"。我很害怕伤大人的心，即便是真的想要打听"那种事"，也不会想到这种"下套"的方式。

无论他们怎么试图说服我，嘲笑我，我都坚信自己曾亲眼看见自己出生时的情景。这种体验，或许是因为当时在场的人向我讲过，抑或是来自我的胡思乱想。但是，其中只有一个细节，只可能是我亲眼所见。那就是新生儿浴盆的盆檐。那是一个崭新的木盆。我坐在里面，看到一束微弱的光照在盆檐上。唯独那里的木纹亮得耀眼，仿佛是用黄金铸成的一般。水面努力伸出舌头，像是要去舔那里，却怎么也够不着。不过，或许是因为光的反射，抑或是阳光也照了进来，盆檐下方的水面也发出柔和的光。亮晶晶的波纹簇拥在一起，互相推搡。

对于这个记忆，最有力的反驳就是我出生的时间。当时不是白天。我出生于晚上九点。在这个时间，不可能有阳光照进房间里。有人取笑说"可能是电灯的光吧"。即便如此，我依然轻而易举地走进一个悖论：唯独木盆边缘的那一处，夜晚也能照到阳光。于是，木盆的边缘闪烁着摇晃的光波，这作为我出生后首次入浴时的情景，不止一次在我记忆中摇曳。

我出生在大地震[1]的两年后。

十年前，祖父在殖民地[2]担任长官时，发生了一起政治冤案。他为部下的过失而引咎辞职（并非我的溢美之词，真的可以说，我这半辈子，从来没有见过任何一个人像我的祖父那样，对人类拥有一种近乎愚蠢的彻底信任），那之后我家就以一种哼着小曲儿般的轻快速度，沿着斜坡一路下滑。欠下巨额债务，财产被没收，房子也卖掉了。随着贫困的不断加剧，一种病态的虚荣就像阴暗的冲动，愈发膨胀。——因此，我出生在一个偏僻街区的角落。那是一栋租来的旧房子。房子前面有个院子，院子门口有一扇虚张声势的大铁门，还有一间西式起居室，像郊外的礼拜堂一样宽敞。房子从坡顶上看是一栋两层建筑，从坡下看却是一栋三层小楼，整体上给人一种灰蒙蒙的感觉，阴森森的，有些杂乱无章，却又显得格外气派。房子里有很多昏暗的房间，像破旧的衣柜一样挤

---

[1] 指关东大地震,发生于1923年,日本二十世纪震级和受灾程度最大的一次地震。
[2] 指桦太岛,现称萨哈林岛,归俄罗斯管辖,我国称库页岛。日俄战争后,日本获得该岛南部的统治权,后又进一步控制全岛,设桦太厅对该岛开始了殖民统治。1908年,三岛由纪夫的祖父平冈定太郎(1863—1942)出任桦太厅长官。

操在一起。家里雇着六个女仆，加上祖父、祖母、父亲、母亲共计十人一起生活在这里。

祖父的事业欲和祖母的疾病与浪费习气成为一家人的烦恼之源。经常有一些形迹可疑的帮闲拿着图纸找上门。祖父每每在这些图纸诱使下，做起飞黄腾达的黄金梦，起身前往远方。出身世家的祖母憎恶鄙视这样的祖父。她为人狷介不屈，拥有一颗疯狂的浪漫灵魂。她患有脑神经痛的痼疾，这个痼疾拐弯抹角却又准确无误地刺痛她的神经，同时也为她的理智增添了无用的明晰。没有人知道，一直持续到死的这种狂躁的发作，其实是祖父壮年时期的罪过留给她的遗物。

父亲在这栋房子里迎娶了娇美柔弱的新娘，我的母亲。

大正十四年[1]十一月十四日早晨，阵痛袭击了母亲。晚上九点，一个体重六百五十钱[2]的小婴儿出生了。在庆祝婴儿出生的御七夜仪式上，我被裹上法兰绒内衣，奶油色的羽二重丝绢内裤，特级飞白花纹的和服。祖父跪在一家人面前，郑重地把我的名字写在奉书纸[3]上，并将其置于三方台[4]上，放进佛龛里。

1　大正十四年，即公元1925年。大正天皇在位期间(1912.7.30—1926.12.25)，史称大正时代。——编注
2　钱，最小的重量单位，按照中国旧制，1钱约等于3.73克，按照1871年日本规定的度量衡法，1钱等于3.75克，因此650钱约等于2.43千克。
3　奉书纸，日本传统的高级书写用纸，主要用于各种仪式上的文件书写。
4　三方台，一种四方桌，因前方和左右两侧开有三个孔而得名，主要用于盛放祭拜供品等。

头发起初一直是黄色的。家人坚持给我涂橄榄油，很快就变黑了。我的父母住在二楼。在我出生后的第四十九天，祖母便以在二楼抚养孩子太危险为借口，将我从母亲的手中抢走，自己亲自抚养。她在自己的病床前为我布置了一张小床。她的病房密不透风，充斥着疾病与衰老的气息。

出生后不到一年，我就从楼梯的第三阶上摔了下来，摔破了额头。当时祖母出门看戏去了。父亲的堂兄弟姐妹和母亲终于得到喘息的机会，在家里玩闹起来。那时，母亲突然要到二楼去拿东西。我跟在母亲身后，勾住了她和服的下摆，从楼梯上摔了下来。

电话打到歌舞伎剧院。祖母回到家里，站在玄关，右手拄着拐杖，紧紧地盯着出来迎接的父亲，用出奇冷静的语调一字一顿地说道：

"死啦？"

"还没。"

祖母迈开像巫女[1]一样坚定的步伐，走进房间。

——五岁那年元旦的早晨，我吐出像红色咖啡似的东西。主治医生来看过后，对我家人说"没救了"。我就像个针线包，浑身扎满了针管，注射了各种樟脑液[2]或葡萄糖。手腕和大胯

1　巫女，在日本神社中负责辅佐神职祭祀神灵的女性。
2　樟脑液，一种强心剂。

膊上的脉搏停止跳动了两个小时。大家都看着我的尸体。

准备好寿衣和我生前喜欢的玩具等，亲人们齐聚一堂。然后，过了一个小时，尿液流了出来。母亲的哥哥是个博士，他对大家说："这孩子还有救。"他说这说明心脏还在跳动。过了一会儿，又有尿液流了出来。微弱的生命之光慢慢地在我脸颊上复苏了。

这种被称为自家中毒的病，成了我的痼疾。它每个月必然到访一次，或轻或重。我因此经历了无数次生命的危机。渐渐地，我培养了一种能力，可以通过疾病走近的脚步声，分辨出这种病是让我通向死亡还是远离死亡。

人生最初的记忆，以一种奇妙又切实的影像困扰我的记忆，就从这个时期开始了。

一个女人拉着我的手。我不清楚那个女人是母亲、护士、女佣还是姑姑。季节也不甚分明。午后浓郁的阳光照在坡道周围的房子上。一个不知是谁的女人牵着我的手，沿着坡道朝着家的方向往上走。一个人从上面走下来。女人紧紧拽住我的手，躲到路边停下脚步，为他让路。

这段影像在我脑海中不断被复习、强化和关注。每经历一次，它都一定被赋予了新的意义。因为，周围的环境在记忆里变得模糊不清，唯有那个"走下来的人"的影像呈现出一种不恰当的精细。也难怪如此。毕竟这是威胁困扰我半生的东西留下的第一段纪念影像。

从上面走下来的是一个年轻男子。他前后挑着两个粪桶，头上系着一条脏兮兮的毛巾，红润的脸颊异常俊美，眼睛炯炯有神。他双脚巧妙地换着重心，从上面稳步走下来。他是一个清厕夫，也就是掏大粪的工人。脚上穿着胶底布鞋，下身穿着藏青色的细筒裤。五岁的我，以一种异常的注视盯着他的模样。在某种意义上虽然还不确定，但某种力量最初的启示，或者说是某种阴暗的奇妙呼声毫无疑问已经朝我发出了召唤。这种启示或呼声最初显现为清厕夫的模样，是具有寓言性质的（allegorical）。因为，粪尿是大地的象征。向我发出召唤的，一定是根国之母[1]怀着恶意的爱。

我预感这个世上存在一种焦灼的欲望。抬头看着年轻男子肮脏的模样，我心中生起两个强烈的欲求：一个是"我想变成他"，一个是"希望我是他"。我清晰地记得这个欲求有两个重点，一个重点是藏青色的细筒裤，另一个重点则是他的职

---

[1] 根国之母，指伊邪那美命。日本神话中的创世女神，与其兄（丈夫）伊邪那岐生下火神时，被烫伤阴部而死去，到了黄泉国。后又因随后追来的丈夫不守约定，被他看到肮脏的容貌，因此夫妻决裂。二神自此阴阳两隔，伊邪那美命成为掌管"死"的黄泉国女神，伊邪那岐则成为掌管"生"的神。此处的黄泉国，又称根之坚洲国、根国。另外，这一句亦为《卡拉马佐夫兄弟》中一首诗的呼应，该诗如下："人的灵魂可以从低卑中升起，同古代的大地母亲，进行永远的结合。"（耿济之译）

业。细筒裤清晰地勾勒出他下身的线条。他迈着矫健的步子向我走来。我对他的细筒裤燃起了一种难以名状的倾慕之情。

这时，就像别的孩子刚懂事时就"想当大将军"，我心中对他的职业也产生了一种向往——"我想当清厕夫"。这种向往的起因，当然也可以说是那件藏青色的细腿裤，但又不仅仅如此。这个主题本身在我内心被持续强化，不断地发展出新的局面。

我向往他的职业，就像向往那种彻骨的悲伤。我在他的职业中体会到一种极其感官意义上的"悲剧性"。他的职业给人一种"挺身而出""豁出去"的感觉，亲近危险的感觉，虚无与活力激烈交织的感觉。这些感觉迸发出来，逼近五岁的我，让我成了它的俘虏。也许我误解了清厕夫这个职业。也许是因为我曾听人说起别的某种职业，看到他的服装，硬是对号入座，想当然地以为他就是从事那个职业的人。唯有如此解释，才能说得通。

与这种情绪相同的主题，后来转移到花电车的司机和地铁的检票员身上。我从他们身上强烈地感受到一种自己不了解而且永远被排斥在外的"悲剧性生活"。尤其是地铁检票员更为典型。当时弥漫在地铁站内的像橡胶又像薄荷的气味，与他蓝色制服胸前的一排金色纽扣相辅相成，轻而易举地诱发了我对"悲剧性事物"的联想。不知为何，我觉得生活在那种气味中的人，就是具有"悲剧性"的。在我的感官追求却被我内心拒绝的某个地方与我毫不相关地进行着的生活、发生的事件、参与其中的人们……这些就是我对"悲剧性事物"的定义，而我永远被这些东西拒于门外。我总是对号入座，将这种悲哀与他们和他们的生活关联起来。然后，我才终于能够通过自己的悲哀，参与其中。

若是如此，那就是因为我一早就预感到自己将被那种"悲剧性事物"排斥在外，而我开始感觉到的"悲剧性"，或许不过是这种预感所带来的悲哀的投影。

还有一个最初的记忆。

六岁的时候，我学会了读写。而这个记忆一定是发生在我五岁的时候，因为当时我还不能独立阅读那本图画书。

那时，很多图画书中的一册，尤其是其中的一幅跨页插图，执着地诉诸我的偏爱。当我盯着它时，常常会忘记漫长无聊的午后时光。若是有人走过来，我便会不好意思，慌忙翻开别的页面。我开始厌烦照顾我的护士或女仆。我想一直盯着那幅画，一天到晚过那样的生活。翻开图画书的那一页，心就怦怦直跳。而翻看别的画页时，则总是心不在焉，提不起精神。

上面画的是骑着白马、手中持剑的贞德。白马仰头嘶鸣，强壮有力的前腿扬起沙尘。贞德的白银铠甲上，挂着很多美丽的徽章。透过头盔的面罩可以隐隐约约看到一张俊秀的脸庞。他手持利剑指向蓝天,英姿飒爽,威风凛凛地直面"死亡"或是飞在空中的某种不祥之物。我确定他在下一个瞬间就会遇害。若马上翻开下一页,可能就会看到他遇害的场面。图画书的插画可能会毫无征兆地转到"下一瞬间"……

但是,有一次,护士若无其事地打开图画书的那一页,见我在一旁偷瞧,便对我说道:

"少爷,这幅画的故事你听过吗?"

"没有。"

"你看,这个人,看着像个男人吧?其实啊,他是个女的。这个故事讲的是一个姑娘女扮男装去打仗,保家卫国的故事。"

"姑娘?"

我受到了沉重的打击。原本以为是个男人,没想到竟然是个女人。若这个英俊的骑士不是男人而是女人,会怎么样呢?(到现在,我依然对女扮男装有一种根深蒂固的、难以言表的嫌恶。)我曾对他的死亡抱有甜蜜的幻想,而这就仿佛是对我这种幻想的残酷复仇。这是我人生中遇到的第一次"来自现实的复仇"。多年以后,我在奥斯卡·王尔德[1]的诗歌中找到了赞美俊美骑士死亡的诗句。

---

1 奥斯卡·王尔德(Oscar Wilde,1854—1900),英国十九世纪浪漫主义作家,代表作有《诗集》《快乐王子》等。

横尸在芦苇与蔺草间

阵亡的骑士多么俊朗

从那之后，我就再也不看那本图画书了。再也没有碰过。

于斯曼在他的小说《那边》[1]里指出，吉尔斯·德·莱斯[2]的神秘主义冲动"拥有一种性质，很快将会转变为极为精巧的残虐和微妙的罪恶"，他的这种冲动是因其目睹了贞德奉查理七世之命担任其护卫后，创下了很多令人难以置信的丰功伟绩，在此过程中逐渐形成的。对于我来说，这个奥尔良少女[3]则起到了完全相反的作用。也就是说，她是令我产生嫌恶的契机。

---

1 若利斯·卡尔·于斯曼(Joris-Karl Huysmans, 1848—1907)，十九世纪法国作家，前期曾参与以左拉为首的自然主义流派的活动，后以《逆流》的创作为标志，脱离了自然主义。《那边》(1981)则被认为通过主人公之口，宣告自然主义已经走进死胡同，只有神秘主义才有出路。《那边》讲述了一个平庸的巴黎作家杜塔尔对法国历史上被认定为罪人的吉尔德雷斯展开调查研究，这些研究引起了尚特露弗夫人的极大兴趣．她不久就投入了杜塔尔的怀抱，两人从此进入了撒旦的世界。(见余中先译《逆流》中文版序)

2 吉尔斯·德·莱斯(Gilles de Rais, 1404—1440)，英法百年战争时期法国元帅，圣女贞德的亲密战友。贞德被俘后他沉迷于炼金术，并将三百多名儿童折磨致死，因此也成为西方童话中反面人物"蓝胡子"的原型。

3 奥尔良少女，圣女贞德的别称。

——还有一个记忆。

　　那就是汗水的味道。汗味驱使着我，引起我的憧憬，控制了我。

　　竖起耳朵，听到外面传来细微的沙沙声，浑浊不清，像是恐吓一般的声音。有时还夹杂着喇叭声，一种单纯的、不可思议的、哀伤的歌声由远及近。我拉着女仆的手，急切地催促她，希望她快点把我抱起来，站到大门口。

　　原来是军队操练归来，从我家门口经过。我总是期待着那些喜欢孩子的士兵送我几个空弹壳。祖母说那东西很危险，禁止我向人索要。因此，这个期待中又增添了一种秘密带来的喜悦。厚重的军靴的声音、脏兮兮的军装、扛在肩膀上的一排排枪支，足以令每个孩子为之着迷。然而，令我着迷的，驱使我向他们索要空弹壳的深层动机，仅仅是他们身上的汗味。

　　士兵们身上的汗味，就像海风的味道，像被炙烤成金色的海岸上的空气，冲进我的鼻孔，令我陶醉。这可能是我对气味最初的记忆。当然这种气味并未直接与性快感关联。士兵们的命运、他们职业本身的悲剧性、他们的死亡、他们终将前往的远方……他们身上的汗味，慢慢地使我萌生了对这些东西的肉欲，令其扎根于我的心中。

我在人生中最先遇到的就是这些奇异的幻影。它们从一开始就带着一种异常精致的完整性，出现在我面前，没有一点缺失。多年之后，当我为自己的意识和行动寻找根源时，总会毫无例外地在这里找到它们的源头。

我从幼年时起对人生的所有认知，从未脱离奥古斯丁[1]式的预定论。徒劳无益的迷茫无数次折磨我，而且现在仍在折磨着我。但若将这种迷茫也视为一种引人堕入罪恶的诱惑，那么我的决定论[2]则从未曾有过丝毫动摇。我一生中所有不安的汇总表，或者可以比作菜单，在我还不能读懂它的时候，就已经交到我的手上。我只需系上围裙，坐在餐桌前。就连我现在在此书写的这种奇怪作品，也是这张菜单上已经列出的菜品，当初我就应该见过。

幼年时期是时间与空间纷乱交织的舞台。比如，大人讲给我听的各国新闻，火山爆发或者叛军起义，我亲眼看到的祖母旧疾发作的情形或者家人之间的琐事纠纷，自己刚才沉

---

1 奥古斯丁(Saint Augustine, 354—430)，古罗马帝国时期天主教思想家，代表作有《忏悔录》《论三位一体》等，其宗教神秘主义美学思想对后世产生了深远的影响，宣扬预定论，即认为神的旨意是绝对的，是不可预知的。
2 决定论(determinism)，哲学和美学术语，又称拉普拉斯信条，认为包括人的意志在内的世间万物都是因为某种原因而导致的必然结果。

迷其中的童话世界中发生的事——原本属于不同层面的三种事情，在我心中却拥有相同的价值，属于同一个系列。在我看来，这个世界并不比积木的结构更加复杂。我即将踏入的所谓"社会"，也并不比童话世界中的"世间"更加光怪陆离。于是，我在无意识中设置了一个限定。从一开始，所有的空想都在对这个限定的抵抗中，莫名地透露出一种彻底的绝望，同时这种绝望本身又近似于一种炽烈的欲望。

夜晚，我躺在被窝里，看到周围昏暗的延长线上浮现出灯光璀璨的都市。周围出奇地安静，笼罩着光辉与神秘。来到这个城市的人们的脸上，都盖着一种神秘的印章。深夜回家的大人们，语言和举止中流露出一些像暗号或共济会性质的东西。而且，他们的脸上闪烁着一种令人不忍直视的疲劳。仿佛用手碰一下他们的脸，就能知道夜晚的都市为他们着色时使用的颜料是什么颜色，就像用手碰一下圣诞面具，手上会沾上银粉一样。

不久，我就看到了"夜晚"在我眼前拉开了帷幕。是松旭齐天胜的演出。（她罕见地到新宿剧场演出。几年后，我在这个剧场看了一个叫作但丁的魔术师的表演。虽然这次演出的规模比天胜的演出规模大好几倍，但无论但丁的演出还是万国博览会上的哈根贝克·华莱士马戏团的表演，都没有像当初天胜的表演那样给我带来心灵的震撼。）

她穿着一件《启示录》中的大淫妇[1]那种风格的衣裳，裹住丰腴的肢体，慢悠悠地在舞台上走动。在她的身上，既有魔术师特有的那种故弄玄虚的从容，带着一种流亡贵族的气质，又有一种沉郁的亲和力，以及女丈夫特有的身段。她穿着一身仿制品，散发出廉价品特有的刺眼光芒。脸上画着像浪曲[2]女演员一样的浓妆，连趾甲上都涂着白粉，手上戴着华贵的人造宝石手镯……这些外在与她的气质呈现出一种阴郁的和谐。或者说，是不协调投射的阴影的肌理过于细密，才形成了一种独特的和谐感。

我也隐隐约约地知道，"想成为天胜那样的人"和"想当花电车的司机"，这两个愿望有着本质的不同。最显著的一点就是前者完全没有对"悲剧性事物"的渴望。在"想成为天胜"这个愿望中，我没有体味到向往与内疚交织的焦躁。但即便如此，我仍无法抑制内心的悸动，终于在某一天偷偷溜进母亲的房间，打开了她的衣柜。

我从母亲的和服中，拿出最华丽的一件，把一个用油画颜料绘着粉色玫瑰的腰带缠在头上，活像土耳其官员的装扮。然后用绉绸方巾包住头，站到镜子前，发现这个即兴设计的

---

[1] 巴比伦大淫妇，又译为巴比伦大娼妓、大妓女，《新约·启示录》中出现的寓言式邪恶人物。
[2] 浪曲，日本的一种传统说唱艺术，演员以三味线伴奏，边弹边唱，类似于我国的鼓曲或评弹。

头巾竟然有点像《金银岛》里海盗的头巾，我顿时兴奋得满脸通红。但是，我没有就此打住。我的一举一动，就连我的手指和脚趾，都必须营造神秘。我把小圆镜塞进腰带，脸上涂上一层薄薄的白粉，拿上银色的手电筒和镶金的钢笔等一切闪亮耀眼的东西。

然后，我一本正经地走进祖母的起居室，终于抑制不住内心的兴奋，喊着"天胜，我想变成天胜！"，在房间里跑来跑去。

躺在病床上的祖母、母亲、一个客人及病房的女仆都在现场，但是我却对她们视而不见。我的狂热完全倾注到一个意识上，那就是希望得到别人关注。我希望自己假扮的天性能被更多人看到，也就是说，当时我的眼中只有我自己。但是，突然间，我看到了母亲的脸。她失魂落魄地瘫坐在那里。当她和我四目相对时，她马上低下了头。

我明白了。泪水涌了出来。

当时我明白了什么？或者被迫明白了什么？"先行于罪恶的悔恨"这个后来的主题，是否在此也暗示了端倪？又或者说，我从中接受了教训，明白了孤独在爱的眼中到底有多么难看，同时我也从其反面学会了如何拒绝爱？

女仆把我按住，将我带到另外一个房间。就像鸡被拔去羽毛，我那身放荡不羁的"扮装"瞬间就被扒了下来。

19

后来我开始去看电影。这种扮装欲也愈发膨胀,一直显著地持续到十岁。

一次,我和寄宿在我家的书生一起去看一部叫作《魔鬼兄弟》[1]的音乐电影。扮演迪阿保罗的演员穿着一件宫廷服,袖口缝着长长的蕾丝边,令我印象深刻。我说,好想穿穿那种衣服,戴戴那种假发呢。书生听了,面带鄙夷地冲我笑了笑。可是,我知道他自己明明也经常跑去女仆的房间,模仿八重垣姬[2]的样子,逗女仆们发笑。

天胜之后,我迷上了另外一个人物。那个人是埃及艳后克利奥帕特拉七世。年底的下雪天,一个熟悉的医生答应了我的央求,带我去看了那部电影。因为是年底,电影院里观众很少。医生把腿搭在扶手上睡着了。——我独自一人,怀着猎奇的目光,看着很多奴隶抬着一个古怪的辇台。埃及的女王乘着辇台进入罗马城,眼睑上涂着眼影,眼神阴郁。她身上穿着一种超自然的衣服。还有波斯绒毯后面若隐若现的半裸身体。

于是,这次我避着祖母和父母亲(已经有了一种罪恶带

---

[1] 《魔鬼兄弟》,原题名为 Fra Diavolo,1942 年上映的意大利电影。
[2] 八重垣姬,日本战国名将上杉谦信之女,作为文学形象首次出现于近松半二等人合作的木偶戏净琉璃作品《本朝二十四孝》中,1767 年首次上演,后成为日本传统戏剧中具代表性的旦角形象之一,因穿红色行头而被称为"赤姬"。

来的十足的愉悦），处心积虑地以弟弟和妹妹为对象，扮成埃及艳后的样子。我究竟期待在这样的女装中得到什么呢？后来，我在罗马衰退期的皇帝，也就是那个罗马古神的破坏者、那个颓废的帝王兽——埃拉伽巴路斯[1]身上找到了答案。在他身上有和我一样的期待。

到此为止，我讲完了两个前提。在此我们需要复习一下。第一个前提是清厕夫、奥尔良的少女和士兵的汗味。第二个前提是天胜和克利奥帕特拉七世。

而我必须要讲的前提还有一个。

我阅读涉猎广泛，读过所有能找到的童话，但唯独不喜欢童话里的公主，只喜欢其中的王子，尤其喜欢那些被杀害的王子、注定死亡的王子。我喜欢所有被杀戮的青年男子。

安徒生的作品中，有一篇童话，叫作《玫瑰花精》。这篇童话讲了一个年轻人亲吻恋人送给自己的玫瑰花时，被坏人拿起大刀砍下了头。不知道为什么，只有这个俊美的年轻人给我留下了深刻的印象。也不知道为什么，在王尔德的所有童话中，唯有《渔夫和他的灵魂》中那个紧紧地抱着人鱼被海

---

[1] 埃拉伽巴路斯（Elagabalus，203—222），罗马史上第一个出身于东方（叙利亚）的皇帝，崇尚东方诸神，在位期间对罗马的传统造成了很大程度的破坏。相传他不仅荒淫无度，而且喜欢男色和女装，是典型的性倒错者。

水冲上岸的年轻渔夫的残骸令我痴迷。

当然,我也非常喜欢另外一些幼稚浅显的童话。安徒生童话中,我喜欢的是《夜莺》。我还喜欢很多孩子们都喜欢的漫画。但是,我的心却无法阻止自己走向死亡、暗夜和鲜血的主题。

"被杀戮的王子"的幻影执拗地纠缠着我。究竟谁能告诉我,把王子们穿着紧身裤的性感身姿和他们惨死的模样联系在一起进行想象,为何能给我带来如此的愉悦?有一篇匈牙利的童话,书中原色印刷、栩栩如生的插图在很长一段时间里俘虏了我的心。

插图里的王子穿着黑色的紧身裤,上身穿着一件玫瑰色的上衣,胸口有金线刺绣,外面披着一件红色衬里的深蓝色披风,腰上系着绿色和金色的腰带。他全副武装——绿金头盔,深红色佩剑,绿色皮制箭筒。戴着白色皮手套的左手挽着弓,手搭在森林里一棵老树的树梢上,表情阴郁痛苦却又显得威风凛凛。他低头看着下方,一条恶龙张开血盆大口,即将对他发动攻击。他表情坚毅,已经做好了死亡的准备。若这个王子命中注定要打败恶龙,成为胜利者,那一定会在很大程度上冲淡这个故事对我的诱惑。但是,幸运的是,这个王子注定迎来死亡的结局。

遗憾的是,这个死亡的结局并不完美。王子为了救他的妹妹,和美丽的女妖公主结婚,必须经过七次死亡的历练。

多亏了含在口中的宝石的魔力,他经历了七次死而复生之后,终于品尝到成功的喜悦。上面我说的那幅画是他即将迎来第一次死亡——被恶龙咬杀之前的情景。在此之后,他要么"被巨大的蜘蛛控制,注入毒液,被大口大口吞噬",要么掉进水中淹死,要么被火烧死,要么被毒蜂蜇死,被毒蛇咬死,被迫跳进尖刀林立的洞穴中,被"像瓢泼大雨一样"从天而降的巨石砸死。

"被恶龙咬死"那一段的描写尤其细致。故事这样写道:

> 恶龙用力撕咬王子。王子被撕成碎片时,浑身疼痛难忍,但他咬牙忍着剧痛,等整个身体被撕成碎片,他又突然恢复了原状,轻轻一跃,从恶龙的口中跳了出来,毫发无伤。恶龙当场倒下,气绝身亡。

这个段落我读了不下百遍,但总觉得这里面有一个无法忽视的缺陷,那就是"毫发无伤"这个词。每当读到这里,我就感觉自己受到了欺骗,认为作者犯了一个重大的错误。

然后,某个契机,我发明了一个办法,那就是读故事的时候用手捂住"当场倒下"前面的部分。于是,这本读物就变成了一本理想的读物,被我读成了这样一个故事:

恶龙用力撕咬王子。王子被撕成碎片时，浑身疼痛难忍，但他咬牙忍着剧痛，等整个身体被撕成碎片，当场倒下，气绝身亡。

——大人们肯定能从这段删节的故事中看出悖论吧？但是，这个傲慢而且容易沉溺于个人喜好的小小审查官明明知道"被撕成碎片"和"当场倒下"这两个句子存在明显的矛盾，却又无法舍弃其中任何一句。

另一方面，我也经常想象自己战死沙场或者遭人杀戮的情景，并因此感到愉悦。然而，其实我比任何人都惧怕死亡。有时，女仆被我欺负哭之后，翌日清晨又好像什么都没发生过似的来到我面前，一脸开心地为我准备早餐。于是，我就在她的笑容中读出了各种各样的意义。我觉得那一定是恶魔的微笑，她以为自己胜券在握。她一定在味噌汤里给我下了毒。在这样的早晨，我就绝不喝一口味噌汤。曾经有好几次，我吃完饭站起身，狠狠地盯着女仆，仿佛跟她说：哼，瞧见了吧，还跟我斗！然后，我就觉得，这个女人因毒杀的企图被人识破而失魂落魄，瘫坐在餐桌对面，一脸失望地盯着已经凉透的味噌汤，汤面上甚至浮着几粒尘埃。

祖母顾念我体弱多病，也是怕我学坏，不许我和附近的男孩一起玩。因此，我的玩伴除了家里的女仆和护士之外，就只有祖母从街邻的孩子中为我挑选的三个女孩。太大的噪音、开关门时发出的剧烈声响、玩具喇叭和摔跤游戏等发出的各种尖锐声响，都会触发祖母右膝的神经痛，因此，我们玩耍时，必须比一般女孩在一起玩耍时更加安静。我更喜欢独自一人读书，玩积木，沉浸在漫无边际的幻想中，或者画画。后来，妹妹和弟弟相继出生，他们在父亲的关照下（没有像我一样被交到祖母手上），无忧无虑地自由成长。但我并没有特别羡慕他们的自由或欢闹。

但是，譬如到表妹家去玩，情况就会有所不同。就连我，也会被要求"做个男孩子"。在某个表妹（假设是杉子吧）家，我七岁那年的早春，马上就要上小学的时候，去了她家，在她家发生了一件值得纪念的事。事情是这样的。那天，姑奶奶们看到我，不停地夸赞：都长这么大了，都长这么大了。带我走亲戚的祖母听到她们的夸赞，也不由得忘乎所以，特别允许我吃了她平常不让我吃的东西。前面我曾提到，我经常犯自家中毒症，所以祖母非常小心，在那年之前一直禁止我吃"蓝色皮肤的鱼"。在那之前，鱼我只吃过比目鱼、鲽鱼和鲷鱼等肉色为白色的鱼类，马铃薯要捣成泥再用笊篱滤过才能吃，点心不能吃有馅儿的，只能吃软饼、威化饼或饼干，水果只能吃切成薄片的苹果，或是少量的橘子。我吃到的第一种蓝色皮肤的鱼是鲥鱼。我吃得很开心。这首先意味着我被赋予了一种成年人的资格，但每当我感受它的美味时，舌尖也总能从中尝到一丝苦涩。那是一种如坐针毡的不安，即"走向成年的不安"带来的压力。

杉子是一个生命力旺盛的健康女孩。我住在她家，和她紧挨着睡在同一个房间。她只要一躺下，就像一个关掉按钮的机器，马上就能入睡。而迟迟无法入眠的我，总是怀着嫉妒和赞叹的目光盯着她。我在她家比在自己家要自由很多。祖母的假想敌——有可能把我从她手中夺走的父母，不在这里，她可以放心地放任我自由活动，无须始终将我置于她的视线之内。

但是，在这种状态下，我却没有享受到自由的快乐。我就像一个刚离开病床的病人，仿佛被一种无形的义务捆绑，感觉到束缚。我更依恋怠惰的被窝。在大家暗默的共识中，我自然而然地被要求"做个男孩子"。于是，一种不由衷的表演开始了。从这个时期开始，我隐隐约约地意识到一种机制：别人以为我在表演的时候，对于我来说，那其实是我自己要求回归自然本性的体现，而别人认为我处于自然状态的时候，那才是我的表演。

这个不由衷的表演使我提出一个言不由衷的请求："我们玩打仗游戏吧。"和我一起玩游戏的是杉子和另外一个表妹，两个女生，打仗游戏并不适合我们。更何况作为敌方的"亚马逊女战士"[1]并不特别喜欢打仗游戏。我之所以这样提议，也是出于一种反面的义务。因为，我是男生，作为男生，我有义务表现得不通情趣，稍稍为难她们一下。

在薄暮时分的房子内外，我们一起笨拙地玩着打仗游戏。双方都觉得很无聊。杉子躲在树丛后，用嘴模仿机关枪发出"突突"的声音。这时，我便觉得差不多可以结束游戏了，逃回房子里，看到"突突突"地追过来的女兵，就捂住胸口，咣当一声倒在客厅中央的地板上。

"怎么啦，小威。"

两个女兵一脸认真地跑到我身边。我闭着眼，手也不抬地回答道：

"我牺牲了啊。"

我喜欢想象自己扭曲着身体倒在地上的样子。我可以在自己倒地身亡的状态中感受到一种莫名的快感。我觉得即便自己真的中弹，也不会感觉到疼痛。

幼年时代。

我遇见一个具有象征意义的场景。那个场景，对于现在的我来说，就是我的幼年时代本身。看到那个场景时，我感

---

[1] 亚马逊族是古希腊神话中的部族，传说全部成员都是女人且骁勇善战，最早记载见于《荷马史诗·伊利亚特》。

觉幼年时代朝我挥手道别。我预感时间悉数从我的内部升腾起来，然后被这幅画阻挡。它们停在这幅画前面，准确地摹写画中的人物、动作和声音。临摹完成的同时，作为原画的那个场景便消融在时间里。留给我的，不过是唯一的一幅临摹画，或者说是我幼年时代的精确标本。每个人的幼年时代应该都会遇到这样的事件。但很多时候，这个事件都体现为一种无法将其称为事件的小事，没有引起我们的注意。

那个场景是这样的。

一次，参加夏日庙会的队伍从我家门口闯了进来。

祖母收买了庙会活动的负责人，为了腿脚不好的她自己，也为了她的孙子——我，让他特意安排镇上的庙会游行队伍从我家门口经过。原本这里并不是游行队伍的必经之路，但是在那个负责人的安排下，队伍每年都会多少绕个弯，从我家门口经过，久而久之也成了一种惯例。

我和家人一起站在门口。刷着唐草花纹油漆的大铁门左右敞开，门前石板路的路面干干净净，洒上了清水。远处的鼓声越来越近，就像容易停滞的流水，时断时续。

抬木号子[1]的歌词越来越清晰。悲凉的曲调夹杂着喧嚣，宣示着这场狂欢的真正主题。这个曲调倾诉的是人类与永恒

---

1 抬木号子，日本传统劳动歌谣，众人一起搬运木头等重物时唱的一种民谣，作用类似于我国东北地区的森林号子。此处为众人一起抬神轿。

之间极为卑俗的交媾,或者说是一种只有通过虔敬的乱伦才能成就的交媾的悲哀。原本杂乱无章的乐音,慢慢区分开来。领头人手持锡杖的金属声,沉闷的鼓声,还有抬着神轿的人们毫无章法的号子声,等等。我情绪越来越激动,几乎喘不过气来(从这时候开始,我热切的企盼带给我的,与其说是喜悦,不如说是痛苦)。手持锡杖的神官戴着狐狸面具。这个神秘野兽的金色眼睛一直紧紧地盯着我,蛊惑我。我不由得用力抓住家人的衣角,想要伺机逃离这场游行给我带来的近乎恐惧的快感。我对人生的态度,从这个时候开始就是如此。那些让我等待了太久的东西,那些被事先的幻想修饰太多的东西,我最终都只能选择逃离。

不久,轿夫抬着绑着七五三绳[1]的香资箱走了过去,然后童子神轿也欢快地跳跃着走过去,接着一台庄严的黑漆镶金大神轿走了过来。还在远处的时候,轿顶的金凤凰就像一只在翻滚的海浪之间飞翔的鸟儿,闪耀着光芒,来回摇摆。这样的情景,让我们产生了一种耀眼的不安。唯独神轿的周围仿佛笼罩着凝滞的热带空气,形成一种令人难以忍受的无风状态。那是一种怀着恶意的怠惰,仿佛在年轻人赤裸的肩膀上方冒着热气,来回摇曳。红白交拧的粗绳、黑漆镶金的栏杆、紧闭的金泥轿门里面,是一方四尺平方的黑暗。

---

[1] 七五三绳,又称注连绳,由稻草织成,为神道信仰中用于洁净的咒具。

这片不停摇摆跳跃的方形的暗夜，降临在万里无云的初夏的白天。

神轿来到我们跟前。年轻人穿着同款的和服，裸露着肌肤，摇摇晃晃地迈开步子，向前行进。轿子也随之左摇右摆，好像也喝醉了似的。他们步伐凌乱，眼睛里看到的也不是这个人间的东西。手里拿着大团扇的年轻人高声吆喝着，围着大家转来转去，调动现场的气氛。神轿有时突然倒向一边。这时，人们便大声喊着号子，将其扶正抬起来。

这时，也许是从这个表面没有任何异样的队伍中感受到某种试图发挥作用的意志，牵着我的手的大人向后推了我一把。有人喊了一声："危险！"我也不知道他说的危险到底是指什么，他们就拉着我的手逃回了前院，然后从内门厅跑进家里。

我和一个家人跑上了二楼。走到露台上，屏住呼吸，小心翼翼地看着一群人抬着神轿朝我家前院走过来。

多年以后我依然会想，到底是什么力量让他们产生了这种冲动，但一直都没有答案。那几十个年轻的小伙子怎么可能事先预谋闯进我家呢？

院子里的花花草草被无情地践踏。那是一场真正的狂欢。被我彻底厌弃的前院变成了一个全新的世界。神轿轧遍院子里的每一个角落，灌木的枝条被撕扯践踏，变得一片狼藉。我甚至不知道发生了什么事。各种声音互相调和，简直就像冻结的沉默和无意义的轰鸣交替出现。色彩也是如此。金色、红色、紫色、绿色、黄色、藏蓝、白色跳跃着向上涌起。整体的颜色时而变成金色，时而变成红色。

但是，只有一样东西鲜明清晰。它让我苏醒，让我悲伤，让我的内心充满一种没有来由的痛苦。那就是抬轿人脸上的神情，无比淫荡而且自我陶醉。

第二章

一年多以来，我像一个不停收到一件稀奇玩具的孩子，为此苦恼不已。那一年，我十三岁。

这件玩具常常增大它的容积，暗示我，若我使用得当，它就会非常有趣。可是，它没有任何使用说明。因此，当玩具想要和我玩耍时，我总是不知所措。有时心里会冒出一种屈辱和焦躁的感情，让我生出毁掉这个玩具的念头。它摆出一副玩世不恭的模样，暗示我这世间有一种甜蜜的秘密。我只好屈服于它，静观其变。

我决定虚心地倾听这个玩具的诉求。然后我便发现，这个玩具本身已经具备了一种特定的嗜好，也就是秩序。这种嗜好和我幼年的记忆联系起来。夏日海滩上的裸体青年，神宫外苑泳池中的游泳健将，和表姐结婚的那个肤色黝黑的小伙子，抑或是很多冒险小说里都会出现的勇敢的男主人公。

这些嗜好相互关联，渐渐形成一个系列。而在此之前，我将这个系列与另外一种浪漫的系列弄混了。

这个玩具也向着死亡、鲜血和结实的肉体抬起了头。我总是偷偷地从家里的寄宿书生那里借来一些《讲谈杂志》[1]。扉页上画着血腥的决斗场面，或者切腹的年轻武士，或者中弹的士兵咬牙忍着剧痛，用手捂住军服的胸口，鲜血从指间流出来，又或者是初级段位的相扑运动员，长得不太肥胖但肌肉结实……看着这些插画或照片，玩具就会立刻抬起好奇的头。如果说"好奇"这个形容词有些不妥，那么也可以说成"情爱"或者"欲望"。

我逐渐体会到它能为我带来的快感，慢慢开始了有意识和有计划的行动。我开始进行有意识的选择和整理。若觉得《讲谈杂志》扉页上的插画构图不够完美，我就会先用彩色铅笔临摹下来，以此为基础进行修改，直到自己满意为止。图画上画的，要么是胸口受了枪伤、跪倒在地的马戏演员，要么是从高空跌落下来而摔碎了头盖骨的钢丝杂技演员，倒在地上，半张脸都是鲜血。我偷偷地把它们藏在书柜的抽屉里，然后去上学。在学校里整天心惊胆战，根本没有心思听

---

[1]《讲谈杂志》，日本博文馆1915年创办的大众文艺杂志，面向大众读者，内容以通俗或传奇故事为主，1954年停刊。

讲，唯恐家人发现这些血腥的图画。但是，我的玩具深爱着那些图画，这又让我无论如何也不舍得把自己刚画好的画撕碎扔掉。

于是，我这个桀骜不驯的玩具就这样虚度了许多光阴。别说第一个层次的目的，就连第二个层次的目的——也就是为了所谓的"恶习"的目的，也都没有实现过。

在此期间，我周围发生了许多环境变化。我们一家人离开了我出生的那栋房子，搬到了另外一个街区，分别住进了相隔大约只有一百米的两栋房子里。两个家庭分住在两边，一边住着祖父母和我，另一边住着父母和我的弟弟妹妹。过了不久，父亲被政府派往海外考察，去欧洲游历。回来后不久，父母那边又搬了家。这时，父亲才终于下定了"迟来"的决心，决定把我接回自己家。于是，祖母与我经历了一场被父亲称为"新派悲剧"式的离别，然后我也住进了父亲的新家。祖父母还住在原来那栋房子里，与我的新住处之间隔着几个国营和市营电车的车站。祖母每天抱着我的照片抹眼泪。我每周都必须去她那里住一天。若我一旦破坏条约，她的旧疾就会立刻发作。当年十三岁的我，有了一个六十岁的痴情爱人。

又过了一段时间，父亲因为工作调动，抛下家人，只身去了大阪。

一天，我有些感冒，请假在家休息，趁机找出父亲从国外买回来的几本画册，拿到自己的房间里，专心致志地欣赏起来。有一本书是意大利各城市美术馆的介绍，其中收录了很多希腊雕塑的照片。这些照片令我着迷。书中还收录了很多世界名画。仅就画着裸体的名画而言，我更喜欢这本画册中收录的这些名画的黑白影像。这仅仅是因为这些黑白照片上的图画显得更加生动逼真。

我手上的这些画册，今天是第一次看到。吝啬的父亲生怕孩子们弄脏他的画册，总是小心翼翼地把它们藏在柜子的最深处。（除了这个之外，还有一个原因，那可能就是怕我受到这些名画里的裸体美女的诱惑。他的这种担心真的是杞人忧天了！）这些东西对我根本没有任何吸引力，与《讲谈杂志》的扉页插画根本不可同日而语。——我又往后翻了仅剩的几页，看到了一幅画像。它静静地显示在页面的角落，仿佛一直在那里等待我的发现。

那是收藏于热那亚红宫[1]的圭多·雷尼[2]的著名画作，《圣塞巴斯蒂安》。

---

[1] 热那亚为意大利北部城市，红宫又译为罗索宫，是当地一座古老的宫殿。
[2] 圭多·雷尼（Guido Reni，1575—1642），意大利巴洛克画家，他笔下的圣赛巴斯蒂安展现了男体之美。

忧郁的森林和傍晚的天空形成提香风格[1]的昏暗色调的远景。以此为背景，前方有一棵大树，稍微倾斜的黑色树干是行刑架。一个俊美的青年男子赤身裸体，被绑在树干上。他的双手高高地举起，交叉在一起。捆绑着双手手腕的绳子连着树干。身体上别的部位没有任何捆绑。只有腰间松松垮垮地裹着一片白布，遮住了青年男子的部分裸体。

我也大概知道，这幅画就是所谓的殉教图。然而，文艺复兴时期非主流画派——唯美主义折中派画家笔下的这幅圣塞巴斯蒂安殉教图，散发出一种异教的光彩。这个年轻男子的肉体，完全不像其他圣徒那样，显露出传教的艰辛与衰老的印痕，而是像少年安提诺乌斯[2]一样俊美，洋溢着青春、辉煌、美丽与奔放。

无与伦比的白皙裸体，在薄暮的背景前熠熠闪光。他曾当过皇帝的亲卫兵，习惯了拉弓舞剑的强壮手臂自然弯曲，抬起绑住的手腕，交叉放在头顶。脸微微仰起，双眼睁得大大的，深邃而又安详地仰望上天的荣光。挺起的胸脯、紧致的腹部和扭曲的腰间，都看不出一点痛苦，反而闪烁着音乐般忧伤的放纵与享乐。若没有深深刺入左腋窝和右侧腹的那

---

[1] 提香·韦切利奥（Tiziano Vecellio，1490—1576），文艺复兴时期威尼斯画派代表画家，被誉为"油画之父"。
[2] 安提诺乌斯（Antinous，约110—130），来自希腊的美少年，罗马皇帝哈德良的同性爱人。

两支箭，他的样子让人感觉更像是黄昏时分倚在院子里的大树上小憩的罗马角斗士。

箭深深地刺入精悍、俊美和青春的肉体，试图以极端痛苦与欢愉的火焰从内部燃烧他的肉体。但是，画面上既没有流出的鲜血，也不像其他塞巴斯蒂安画像那样画着无数支箭。在这幅画中，只有两支箭静静地将其端丽的影子投射在他的大理石肌肤上，宛如树枝的影子落在石阶上。

不过，上面这些都是基于我多年之后的判断和观察。

看到那幅画的瞬间，我整个身心顿时涌出一种异教式的快感，浑身颤抖起来。血液开始沸腾，器官呈现出怒色。我身体的某个部分开始膨胀，几乎快要胀裂。它比以前任何时候都更加急切地期待我驾驭它。它责怪我的无知，愤怒地喘着粗气。我的手无师自通，不知不觉间动了起来。我感觉到一股闪亮的暗流在我的身体内部迅速升腾。就在这一瞬间，这股暗流伴随着一阵令人眩晕的酩酊，迸射了出来。

——过了一会儿，我心情沉重地环视着面前的桌子四周。窗外的枫叶将其闪亮的姿影铺在我的墨水瓶、教科书、字典、笔记本和画册中的名画照片上。白浊色的飞沫溅到教科书烫金的书名和墨水瓶的瓶顶两端、字典的某个角落和其他很多地方。那黏稠的液体，有的正在忧伤地缓缓滴落，有的像死鱼的眼睛一样泛出浑浊暗淡的光芒。——多亏我眼疾手快，慌忙伸手挡住，那本画册才幸免于难。

这是我第一次 ejaculatio[1]，也是第一次笨拙的、突发的"恶习"。

赫希菲尔德[2]指出，在性倒错者特别喜欢的绘画和雕塑作品中，"圣塞巴斯蒂安画像居于首位"。对于我，这是一个非常有趣的偶然。这个例子可以很好地证明在倒错者身上，尤其是在那些天生的倒错者身上，倒错性的冲动和施虐的冲动在绝大多数情况下都交织在一起，无法区分。

圣塞巴斯蒂安出生于三世纪中叶，官至罗马禁卫军队长，相传以殉教结束了其三十多岁的短暂一生。他死的那一年，即公元288年，是戴克里先皇帝[3]在位期间。这个出身低微穷苦的暴发户皇帝以其独特的温和主义政策受到人民的爱戴，但副帝马克西米安厌恶基督教，将基于基督教和平主义而躲避征兵的非洲青年马克西米利艾奈斯处以死刑。基于同样宗教政策，百人队长马塞拉斯也被判处了死刑。一般认为，以上就是圣塞巴斯蒂安殉教的历史背景。

1　射精，原文即为拉丁文。
2　赫希菲尔德(Magnus Hirschfeld,1868—1935),德国籍犹太人,性学家,曾著有《同性爱》一书,提出将同性恋视为第三种性,被誉为"性学爱因斯坦"。他于1931年从美国夏威夷出发,到访日本、中国和东南亚等国进行考察和演讲。
3　戴克里先(Diocletian,244—312),罗马皇帝,结束了共和制,开启了罗马的君主专制政体。

禁卫队队长塞巴斯蒂安秘密皈依了基督教。他体恤被捕的基督徒，唆使市长等人皈依了基督教。这些事情最终败露，戴克里先将其判处死刑。他被乱箭射死了。一个虔诚的基督徒寡妇到刑场为他收尸时，发现他的尸体仍有余温。经过这个寡妇的精心护理，他又复活了。但醒来后，他又马上反抗皇帝，说出一些"大逆不道"的话，亵渎了罗马的诸神，于是又被皇帝下令乱棍打死。

这个传说中的复活主题，不过是为了显示上帝的"奇迹"。世上哪有什么肉体，被乱箭刺穿后还能复活？

为了方便让大家更好地理解我激烈的肉体愉悦究竟是什么性质，下面我将自己多年后创作的一篇未完稿的散文诗抄录如下：

《圣塞巴斯蒂安》散文诗

一次，透过教室里的窗，我看到一株低矮的树在风中摇曳。看着看着，我突然感觉自己的心脏怦怦直跳。那是一株很美丽的树。它在草坪上筑起一个端正的等边三角形，左右对称的枝杈撑起沉甸甸的绿色，像烛台一样指向天空。那一团绿色下面，可以看到像昏暗的黑檀台座一样稳重的树干。整体上极为精巧细致，又不失"自然"优雅奔放的气质。

它就像自己的主宰,守着明快的沉默站在那里。同时,它又的确是一件作品,而且可能是音乐的作品,德国音乐家为室内乐而创作的作品,简直可以称为圣乐。这首乐曲让人感受到宗教的安详,像缀锦壁挂图案一样庄严与令人怀念。

树形和音乐之间的相似性在我心中产生了意义。当它们更加紧密地结合在一起朝我袭来的时候,我产生了一种难以名状的灵妙感动。这种感动并非抒情性的,而是宗教和音乐结合时所产生的那种阴暗的酩酊。即便如此,也没有什么奇怪。"就是这棵树吧?"——我突然问自己。

"罗马的那棵树不就是这棵吗?年轻的圣徒反剪着双手,被绑在这棵树上。大量神圣的鲜血就像雨后的露水滴落在它的树干上。在临终的痛苦中,燃烧的肉体疯狂地蹭着树干,扭动着身姿(这大概是人间所有快乐与烦恼的终极体现)。"

根据殉教史的记录,戴克里先在其登基后几年的时间里,权力欲空前膨胀。他希望自己的权力能够像飞鸟一样,没有任何阻挡地自由飞翔。就在这个时期,这个近卫队年轻的队长因信仰政府禁止的宗教而被逮捕问罪。他长相俊美,让人想起曾被哈德良皇帝宠爱的著名东方美少年奴隶。他不仅拥有矫健俊美的身躯，还长着一双像大海一样的眼睛，透露出反叛者的冷酷眼神。他俊美而且倨傲。城里年轻的姑娘们每天都会送给他一支白色的百合花。他把白百合插在头盔上。激烈的军事训练后，坐在一边休息时，头上的百合顺着散发着雄性气息的金发优雅地垂下来，宛若天鹅美丽的脖颈。

没有人知道他在哪里出生，来自何方。但是，人们都有一种预感。这个长着奴隶身躯和王子容貌的年轻人，不过是这里的一个过客。这个恩底弥翁[1]其实是羔羊的放牧人。他才是普天下最丰美的那个牧场的牧羊人。

有几个姑娘相信他来自大海。因为在他的胸口可以听到大海的浪涛声。因为在他的瞳孔深处，可以看到神秘且永不消逝的水平线，那是生于海边却不得不背井离乡的人眼中所特有的，是大海赋予他们的留念。因为他的喘息像盛夏的海风一样温热，散发着被海水冲上岸的海草的腥味。

塞巴斯蒂安，这个年轻的近卫兵队长，他身上所体现的美，不就是一种被杀戮的美吗？滴着鲜血的鲜肉的美味和荡骨的美酒的酒香，培养了罗马女

---

[1] 恩底弥翁(Endymion)，又译安狄明，希腊神话中的美男子。

人的五感。这些健康的女人之所以爱上他,难道不是因为她们一早就通过自己灵敏的味觉嗅到他自己还不知道的凶险命运吗?鲜血在他白皙的肉体内翻腾奔涌,血流的速度比平常更快了。肉体即将撕裂,而鲜血在寻找撕裂时将要产生的缝隙,准备随时喷溅而出。鲜血的这种热切祈求,女人们又怎会听不到?

他并非薄命。他绝非薄命。那是一种桀骜不驯的凶险。他的一生甚至可以说是璀璨的。

譬如,在甜蜜的亲吻中,或许也有生不如死的痛苦无数次掠过他的眉。

他自己也隐隐约约地预感到,在未来等待他的只有殉教的命运。只有这个悲剧命运的象征,能够让他区别于凡俗。

——那天早晨,天刚蒙蒙亮,身负繁忙军务的塞巴斯蒂安就从被窝里跳了起来。拂晓的噩梦依然挥之不去。一群不祥的山雀聚集在他的胸口,扑打着翅膀,捂住了他的嘴。但是,他每天晚上睡在上面的那张简陋的床,散发出海草的味道,将他引至大海的梦乡。他站在窗边,穿着铠甲,哗啦啦地发出刺耳的声响。前方,神殿周围的森林上空,他看到十二宫[1]的星团陨落。看了一眼那栋属于异教的壮丽神殿，他的眉宇间流露出一种侮蔑的神情。那种神情是一种近乎痛苦的表情，非常符合他的气质。他口中念了一声唯一神的名号，脱口说出两三句令人敬畏的圣言。这时，一阵庄严的低鸣，就像是音量扩大了几倍的回声，从神殿的方向和隔断星空的一排圆柱那边传了过来。那声音响彻星空，仿佛某种奇怪的石堆轰然崩塌。他微微一笑，垂下视线，看到了一群姑娘。她们像往常一样，为了早晨的祷告，每个人的手里都拿着一枝仍在沉睡的百合花，悄悄地朝他的住处走来。

初中二年级那年的冬天，天气越来越冷。大家已经习惯了穿长裤，习惯了互相直呼其名（从上小学的时候开始，老师就要求我们互相要称呼对方为某某先生或小姐。另外，即便是在炎热的盛夏，也要把腿裹得严严实实，不能穿露膝的短袜。穿上长裤后，最令人开心的事，就是再也不用裹脚布紧紧地裹住双腿了），习惯了以捉弄老师为荣，习惯了在小卖部互相请客，习惯了在学校的树林里跑来跑去玩丛林游戏，

---

[1] 日文原文为音译，英文为 Mazzaroth，为罕见词汇，仅见于希伯来文圣经《旧约·约伯记》38:31—32。

也习惯了宿舍的生活。但是，唯独宿舍生活，我还未曾体验过。初中一二年级的学生几乎全员强制住校，但小心谨慎的父母以我身体羸弱为借口，请学校特别允许我走读。然而，最主要的原因，其实无非是他们害怕我在学校里学坏。

走读的学生寥寥无几。从二年级的最后一个学期开始，又有一个人加入了这个为数不多的小团体。那个人就是近江。他因为打架斗殴，被学校从宿舍驱逐了出来。这次"驱逐"在他身上赫然留下了"不良"的烙印。正因如此，原本没有怎么注意过他的我，突然开始密切关注起他来。

"嘿嘿。"

一个胖乎乎的老好人朋友，脸上露出微笑的酒窝，朝我走了过来。这种时候，他一定是掌握了一条不为人知的小道消息。"我给你讲个有趣的事情。"

我从暖气旁边走开。

和老好人朋友走到走廊里，靠在窗边。这里可以俯瞰狂风呼啸的射箭场。我们说悄悄话的时候，一般会选择这个地方。

"你知道吗，近江他……"朋友脸涨得通红，好像有些难以启齿。上小学五年级的时候，只要大家一说起那种事，这个少年就会马上否定，一副义正词严的样子。"不可能的。我跟他特别熟。"然后，他又告诉我他朋友的父亲得了中风，而中风是一种传染病，好心劝我不要太接近他的那个朋友。

"近江咋啦？"我在家里依旧使用优雅的女性语，可一到了学校，说话就会变得像男生一样粗鲁。

"我告诉你的，可是真的。听说，近江这家伙已经做过了。"

这也是意料之中的事。近江留了两三次级，身材长得高大魁梧，眉宇间闪烁着一种特权式的青春光彩，比我们这些人胜出一筹。他拥有一种高贵优雅的天性，总是无缘无故地流露出轻蔑的神情。而在他身上，却没有任何会被人轻蔑的东西。难怪，那些优等生为了摆出优等生的模样、老师为了摆出老师的架子、巡警为了摆出巡警的派头、大学生摆出大学生的模样，做出的种种事情，无不招来他轻蔑的目光与嘲笑。

"哦？"

不知为何，我突然联想到近江熟练地为教官擦手枪的情景。在学校里，只有军事教官和体操老师特别喜欢近江，对他特别优待。想象中，一个英姿飒爽的小队长形象浮现在我的眼前。

"就是那个嘛……哎呀，就是那个啦……嘿嘿。"——我的朋友发出几声只有中学生才懂的淫荡晦涩的笑声。"那小子的那家伙，好大的。下次玩捉鸟游戏的时候，你摸一下，就知道啦。"

这里所说的捉鸟游戏，是这所学校里的一种"传统"。到了初中一二年级的时候,学生们之间都会流行这种游戏。这个游戏与其说是一种游戏,不如说是一种疾病。真正的游戏亦是如此。这个游戏在青天白日、众目睽睽之下进行,规则如下:一个人站着愣神的时候,另一个人悄悄地走到他旁边,瞅准目标,伺机伸过手去。若是成功抓住目标,则为胜利的一方。胜利的一方会马上跑得远远的,然后大声起哄:

"好大只啊,A的家伙,好大只啊。"

且不论这个游戏是起源于人们的何种冲动,就其目的而言,表面上似乎只是为了看受害者的笑话。受害的一方会慌忙扔掉夹在腋下的教科书或者别的东西,双手只顾着捂住遭袭的部位。如果从更严格的意义上来说,他们是在这个游戏中发现了一种可以通过笑声释放的羞耻。通过这个游戏,加害者站到一个更高的位置,看着受害人涨红脸颊,表现出同样的羞耻,对其肆意嘲笑,并在这种嘲笑中得到满足。

受害者就像事先约定好了似的,被袭击的时候都会大声喊:

"嘿,B这家伙,真下流!"

于是,周围的同学也跟着起哄。

"嘿,B这家伙,真下流!"

近江是这个游戏的高手。他进攻迅速,基本上每次都能得手,以至于让人怀疑大家其实都在心里暗暗期待他对自己发动进攻。而他这么做也是要付出代价的,那就是他自己也经常遭到受害者的报复。可是,从来没有人成功得手。他平常走路,总是把手插在裤兜里,只要看到伏兵逼近,他就马上从裤兜里把手拿出来,和放在外面的另外一只手交叉捂在一起,形成一个双重护甲。

那个朋友的话,像蔓延的毒草一样种到了我的心里。在此之前,我和大家一样,非常单纯地和大家享受这个捉鸟游戏带来的乐趣。但是,朋友的那番话,却仿佛将我自己在无意识中严格区分的两件事,即作为我私人生活的"恶习"与作为我们共通的生活的这个游戏,无法避免地结合到了一起。这一点很快得到了证实。因为他所说的"摸一下"那句话,将一种别的朋友无法理解的特别意味,猝不及防地塞进了我的心里。

从那之后,我就再也没有玩过这种下流游戏了。我开始害怕自己朝近江发动袭击的那一瞬间,但我更害怕的是近江对我发起袭击。当我察觉游戏开始的任何蛛丝马迹时(实际上,这个游戏就像暴动或叛乱,往往是在没有任何征兆的情况下发生的),我就会避开人群,远远地盯着近江的身影。

……话虽如此,但其实近江的影响,在我们还没有意识到的时候,就已经开始侵犯我们了。

比如袜子,就是一个例子。当时,军事化教育也已经蔓延到我的学校。校方三令五申，提倡鼎鼎大名的江木将军[1]留下的"质实刚健"的遗训，禁止穿戴鲜艳的围巾和袜子。但是，只有近江特立独行，每天都会戴白绢围巾，穿绣着美丽花纹的袜子。

第一个反抗禁令的反叛者拥有一种不可思议的能力，那就将自己的"恶"转换为"叛逆"之名的"美"。他深切地明白一个道理，那就是少年们根本无法抵挡叛逆美学的诱惑。在一个和他关系好的教官（这个乡下出身的下士官简直就像近江的小弟）面前，近江故意慢条斯理地围上白绢围巾，像拿破仑一样，敞开佩着镶金纽扣的外套衣领。

然而，凡庸者的叛逆，永远都不过是劣质的模仿。为了品尝"叛逆"的美味，我们仅仅从近江的叛逆中剽窃了"漂亮袜子"这个表象，却总是小心翼翼地避开"叛逆"可能带来的风险。

早晨来到学校。上课铃响起之前，同学们在教室里吵吵嚷嚷。大家都不坐在凳子上，而会坐到桌子上聊天。若是穿着新款的漂亮袜子，就会帅气地捏住裤线撩起裤子，坐到桌子上。于是，同学们就会马上尖声发出惊叹。

---

[1] 江木千之(1853—1932)，日本近代官僚，政治家。1917年，以江木千之为首的七名贵族院议员提出《关于振兴兵式体操的建议》，其中有"振起质实刚健之风气，善导社会民心"之句。

"哇，好扎眼的袜子！"

——对于我们来说，"扎眼"是最好的赞美。但是，说完后，听话与说话的双方都会不由得联想起那个不到集合时间从不出现的近江桀骜的眼神。

一个雪后初晴的早晨，我早早地来到了学校。朋友昨天打来电话，约我第二天一起打雪仗。若是第二天早晨有特别的期待，前一天晚上我就往往睡不着。所以，第二天早晨我很早就醒了，也不管有没有到上学时间，就去了学校。

积雪不深，刚好没过鞋子。太阳还没有完全升起的时候，景色并不会因为下雪变得美丽，而是显得凄冷阴郁。地面上的雪就像一条脏兮兮的绷带，遮住了城市的伤口。城市的美，不过是伤口展现出来的美。

快到学校门口的车站时，国营电车的车厢里仍然没有几个乘客。这时，我透过车窗，看到太阳在工厂区的对面升起。风景充满了喜悦之色。一排排烟囱给人一种不祥的预感，垂直的屋顶在昏暗中单调地起伏。它们躲在晨曦中的白雪面具下瑟瑟发抖，听着面具发出嘹亮的欢笑。以雪景为背景的假面戏，往往适合演绎革命或起义之类的悲剧性事件。在雪光中显得面色苍白的行人，看起来都有点像在负重前行。

我在学校前面的车站下车时，听到积雪融化的声音从旁边搬运公司的屋顶落下来。那一定是光落下来的声音。一个个小小的光点排好队，欢呼着跳下来，摔死在水泥地面上鞋底的泥土留下的假冒泥泞里。一个光点失了脚，掉到我的脖颈上。

校园里还没有人来过的迹象。更衣室的门紧紧地关着。

我打开一楼二年级教室的窗户，看着树林里的雪景。斜坡的树林中有一条小径，从学校的后门通向这栋教学楼。雪地里有一串大脚印，沿着小径一直通到这扇窗下，然后在这里折返，消失在左前方科学楼的后面。

已经有人来了。他肯定是从后门进来，爬上山坡，趴在窗台上瞧了瞧，发现教室里空无一人，便独自去了科学楼后面。很少有人从后门进学校，近江是为数不多的几个人之一。有传言说，他正与一个女人同居，每天从女人家来上学。可是，不到集合时间，他应该是不会出现的。但如果不是他，又会是谁呢？从这个大鞋印来看，只有可能是他。

我从窗子里探出身子，目不转睛地看着鞋印上那洋溢着生机的黑土色。我感觉那个脚印稳健有力。一种莫名的力量，让我迷上了那个鞋印。我心中燃起一股冲动，想要头朝下跳下去，将脸埋进那个鞋印里。但我迟钝的运动神经习惯性地启动了身体保护机制。我把书包放在课桌上，慢吞吞地爬上窗台。学生制服胸前的扣子硌在石板窗台上的瞬间，碰到我柔弱的肋骨，为其带来一种夹杂着悲伤的甜蜜疼痛。我跨过窗台，跳到雪地上。这时，刚才那种轻微的疼痛揪住了我的心，让我产生了一种愉悦的快感。一种让我颤抖的危险情绪充满了我的心。我轻轻地抬起脚，将自己的套鞋放进雪地的那个鞋印上。

我这才发现，看起来偌大的鞋印原来和我的脚一样大。但是，我忘了一件事：或许是因为留下这个脚印的人和我一样穿着当时流行的套鞋。于是，我开始觉得那个脚印不是近江的了。——即便如此，我依然忍不住顺着那个脚印向前走。即便当下的期待可能落空，但这种夹杂着不安的期待依然吸引了我。我对先我一步来到这里并在雪地留下脚印的那个人产生了憧憬。或许正是这种对被冒犯的未知而萌生的复仇式憧憬，俘获了我的心。

我气喘吁吁地追寻着那个脚印。

鞋印就像庭院里的踏脚石。有时在黑黢黢的土地上，有时在枯草地上，有时在脏污坚硬的雪地上，有时在石板上。我就像踩着踏脚石，顺着这些鞋印向前走。不知不觉，我发现自己开始像近江那样迈着大步走路了。

走过科学楼后面的背阴处，我站到宽阔的操场前方的高台上。三百米的椭圆形跑道和中间起伏不平的操场都覆盖着晶莹剔透的白雪，看不出分界线。操场的角落里有两棵大榉树，并排靠在一起，迎着朝阳投下长长的树影，为这片雪景增添了一种特别的意味，这就是伟大的极致一定会犯下明朗的谬误。大树挺立在冬日的蓝天下，迎着反射的雪光和侧面的朝阳，呈现出塑料般的精致。干枯的树枝和树干之间的缝隙中，偶尔抖落如沙金一般的雪粒。就连细微的落雪声，也能引发空旷的回响，感觉就像是操场前方的一排排男生宿舍和更远处的杂木林在沉睡中翻了一个身。

这炫目的展开，照得我瞬间睁不开眼睛。雪景就像是一个鲜活的废墟。一种只有古代的废墟才有的极致的辉煌，笼罩在这个假冒的丧失之上。而在这个废墟的一隅，大约五米宽的跑道的雪地上，写着几个大字。最前面的圆形是一个O字。它的前面有一个M，更远处则是一个I。

是近江。我一路沿着走来的鞋印，继续向前连着那个O，又向前连着M，又从M连到I。近江现在就站在那个I的中间。他裹着一条白围巾，低着头，双手插进外套的口袋里，拖着套鞋在雪地上向前走着。他的身影孤傲地落在雪地上，拉得长长的，与操场上那两棵榉树的树影平行向前方延伸。

我涨红了脸，团了一个雪球。

雪球扔了出去。没有砸到他。但写完I的他可能只是在不经意间朝我转过头来。

"嘿。"

我担心近江以一脸冷漠的表情回应我，但依然被一股莫名的激情推动着，朝他喊了一声，然后沿着陡峭的斜坡跑下高台。可没想到的是，对面传来亲切而且有力的声音。

"嘿，别踩了我的字！"

今天早晨的他，的确和平常不一样。像他这样的男生，放学后肯定就把教科书之类的东西塞进学校的储物柜，放学回家也不做作业。每天两手插进外套的口袋里，很晚来上学，到了学校就马上麻利地脱掉外套，等到集合时间的最后一分钟才排到队尾。但今天早晨他却早早地来到学校，独自在这里打发时间。而且，他平常把我当小孩子，总是不屑一顾，今天竟对我笑脸相迎。这亲切而粗鲁的独特笑脸，这散发出青春朝气的一口皓齿，正是我翘首以盼的啊！

然而，随着我们的距离越来越近，这张笑脸能看得更加清晰的时候，刚才朝他发出呼喊时的激情瞬间烟消云散了。我顿时泄了气，产生了一种如坐针毡的不安。是"理解"打断了我。他的笑脸可能是为了掩饰自己"被理解"的困窘。而这种可能性伤害了我，不，或者应该说是伤害了我在心中描绘的他的形象。

当我看到雪地上的那几个巨大的字母（他的名字）时，或许我就在无意识中大体理解了他的所有孤独，以及他今天这么早来学校的深层动机。是想必连他自己也不太清楚的深层动机。——如果我的偶像现在在我面前弯下精神的膝盖，要对我辩解说什么"我来这么早，是准备来打雪仗的"，那我的内心一定会失去比他失去的那份骄傲更重要的东西。我内心焦躁起来。我必须先开口说话。

"今天不能打雪仗了吧。"我终于开口，这样说道，"我还以为会下得更大一点呢。"

"嗯。"

他变得一脸扫兴。结实的脸颊上的线条又变得僵硬，再次流露出令人心痛的轻蔑。他拼命地摆出孤傲的成熟，把我当成孩子，眼神中流露出可憎的光芒。我只字未提雪地上的文字，所以他内心深处想要对我表达感谢，但是另一个他却又在拼命抵触对我的感谢。这种内心挣扎的苦痛，令我为之着迷。

"切，还戴小孩儿的手套。"

"大人也会戴毛手套啊。"

"真可怜。你可能根本没有体会过戴皮手套的感觉吧。"

他突然把被雪浸湿的皮手套贴在我发烫的脸颊上。我躲开了他。一种鲜活的肉体感觉燃烧起来，仿佛在脸上留下了烙印。我感觉到自己在盯着他，眼神无比清澈。

——就在这一刻，我爱上了近江。

说得通俗一点，这是我有生以来第一次坠入爱河。而且，这是一次明显发自肉体欲望的恋爱。

我急切地期盼夏天的到来，哪怕只是初夏。我觉得这个季节能让我有机会看到他的裸体。而且，我的内心深处还隐藏着一个更加难以启齿的欲望。那就是偷窥他的那个"大家伙"。

在我记忆的电话里,有两只手套经常串线。一只是我刚才说的那只皮手套,一只是我接下来要说的典礼上的白手套。我觉得这两只手套一定有一只是真实的,而另一只则是虚假的。或许,皮手套最适合他那张粗犷的脸庞。然而,也正因为那张粗犷的脸庞,配上白手套才显得更加协调。

粗犷的脸庞。——话虽如此,但其实也不过是一张随处可见的青年的脸混在了一群少年之间,因此才给人留下了这种印象。他虽然体格健壮,但个子却不是班上最高的。不过,我们学校的制服款式夸张,有点海军服的风格,少年们还未成熟的身体大多撑不起这种衣服,只有近江能让那身制服显出充实的重量感和肌肉感。从藏青色哔叽制服上,可以隐约看出他肩膀和胸部结实的肌肉。应该不止我一人向他投去嫉妒和爱慕交织的眼神。

他的脸上始终流露出一种阴暗的优越感,大约是越受伤越膨胀的那种。留级、驱逐……这些倒霉的事情,在他身上好像成为某种意欲受挫的象征。那么,是什么意欲呢?我隐隐约约地觉得,那一定是他那颗"恶"的灵魂所驱使的某种意欲。而且就连他自己一定都还没有意识到这个巨大的阴谋。

他整体上是个圆脸,肤色略黑。颧骨骄傲地高高隆起,鼻子又扁又厚,形状美观。鼻子下面的嘴唇薄薄的,下巴显得结实有力。从这张脸上,能感觉到他体内奔腾的鲜血。站在那里的，是一颗野蛮灵魂的躯壳。谁会期待看到他的"内心"呢？我们在他身上能够期待的，仅仅是一个被我们遗忘在远古时代、不为人知的完美模型。

有时，我正在读一些我这个年龄的人不太读的书，内容晦涩难懂。他偶尔跑过来瞧一眼。这种时候，我大抵会暧昧地笑一笑，把书藏起来。我不是害羞，而是因为害怕。我怕他对书产生兴趣，怕他表现出笨拙的姿态，怕他开始讨厌自己在无意识中表现出的"完美"。这些担心让我感到痛苦。这个渔夫忘记故国爱奥尼亚[1]让我感到痛苦。

无论在教室里上课，还是在操场上，我都会上下左右打量他，心中逐渐形成了他的完美幻影。我回忆中的他之所以没有任何缺点，就是这个原因。这种小说风格的叙述中，不可避免地会讲述人物的特征和可爱的癖好，或者点缀一些缺点让人物形象变得更加生动和真实。但是，我在记忆中的近江身上，却找不出任何这样的缺点。相反，我却从近江的身上抽离出许多其他的特质。那就是他所拥有的无限多样性和微妙的感觉。总之，我从他身上抽离出完美生命的定义。他的眉毛，他的额头，他的眼睛，他的鼻子，他的耳朵，他的脸颊，他的颧骨，他的嘴唇，他的下巴，他的脖颈，他的咽喉，他的血色，他的肤色，他的力量，他的胸部，他的手，

---

[1] 爱奥尼亚，希腊西部的岛屿，古希腊爱奥尼亚人的居住地。

以及其他无数的东西。

选择性淘汰在此基础上进行，并因此在我心中形成一个嗜好的系列。我不喜欢知性之人，是因为他；戴眼镜的同性对我没有任何吸引力，也是因为他；我开始喜欢力量、鲜血充溢的影像、无智、野蛮的手势、粗野的话语，以及丝毫未被任何理智侵蚀的肉体中透露出来的那种原始的忧郁，也是因为他。

然而，这个不羁的嗜好，对于我来说，从理论上根本就是不可能的。没有什么比肉体的冲动更缺乏理性了。只要双方开始通过理智进行交流与分享，我的欲望就会即刻消退。即便是对方身上显现出哪怕一丁点理智，也会迫使我进行理性的价值判断。在像"爱"这样的相互作用里，对对方的要求即是对自己的要求。因此，我希望对方缺乏理性，而这种希望也曾一度要求我绝对"背叛理性"。结果却证明，这无论如何也不可能做到。于是，不管什么时候，我都一直小心翼翼，不去与流氓、水手、士兵和渔夫之类的人说话，因为他们都拥有未被理性侵蚀的肉体。我只能以一种炽烈的冷淡态度，躲在远处盯着他们。或许，只有那种言语不通的热带蛮荒之地，才是最适合我居住的地方。如此说来，在我年纪很小的时候，对蛮荒之地炽烈沸腾的夏天的向往，就已经住在我的心里了。

那么，再说白手套。

我们学校在举行典礼的时候，大家都要戴上白手套。手腕处的贝扣发出沉郁的光芒，手背上绣着三条仿佛在冥想的丝线。只要戴上这副手套，就能让我想起与典礼有关的各种影像：礼堂里的阴暗，放学时领到的盐濑点心包，从中午开始伴着明快的响声迎来转折的万里晴空。

一个冬天的节日，那天好像是纪元节。近江又罕见地一早就来到了学校。

还没有到集合时间。二年级的同学有一个残忍的爱好，那就是将一年级的同学从教学楼旁边的浪桥[1]上赶走。对于这种小孩的游戏，他们表面上不屑一顾，内心却有些依依不舍。他们强行把一年级的同学赶走，在浪桥上玩耍的时候又故意朝他们耍酷，表现出一副心不在焉的模样。一年级的同学则在远处围成一圈，看二年级的同学比赛。二年级的同学当然也意识到一年级学生的围观，粗鲁的比赛中多少带上了一些表演的成分。比赛的规则是，谁先成功让对方从适度摇晃的浪桥上掉下来，谁就算赢。

近江就像一个绝地求生的刺客，被同学们围在中央。他岔开双腿，稳稳地站住，不停地提防新的敌人。没有人是他的对手。同学们一个接一个跳上浪桥，都被他敏捷的手推了

1　浪桥，又称"浪木"，日文写作"遊動円木"，用锁链吊住一根圆木头的两端，人在上面行走或互相推打，用来锻炼平衡能力。

下去，跌倒在地上，踩碎了朝阳中闪烁的霜花。每当这个时候，近江就会像拳击手那样，把戴着白手套的双手举到头顶，双手握拳，朝大家露出可爱的微笑。一年级的同学这时都忘了被他赶走的事，纷纷为他鼓掌喝彩。

我的目光始终注视着他戴着白手套的手。他的手长得结实，就像是狼或一些壮年野兽的爪子，动作精准有力。有时，那双手就像箭羽劈开冬天清晨的空气，精准地击中敌人的侧腹。有时，被击落的对手掉到地上，被霜花刺中腰部。有时，击落对方的瞬间，他自己也会失去重心。他便站在铺着一层薄薄的霜花的木头上，踏着闪光的霜花奋力扭动，拉回身体的重心。他柔韧有力的腰部，每次都能让他成功拉回重心，恢复最初的姿态，像刺客一样站回原来的位置。

浪桥面无表情，有条不紊地左右摇摆着。

不知不觉间，我心头生出一种奇怪的不安，令我如坐针毡。那种不安，有点像因为浪桥摇晃而引起的头晕，却又不是。也许可以说成是一种神经性的头晕。他危险的一举一动，破坏了我内心的均衡，因此令我感到不安。在这种眩晕里，也有两种力量在争夺霸权。一种是自我保护的力量，另外一种则是破坏我内心平衡的力量，它试图更深入更剧烈地破坏我内心的平衡。随之而来的，是一种复杂又隐蔽的自杀冲动。人们常常在无意识中成为它的俘虏。

"咋了，你们这些尿货。没有人敢上来了吗？"

近江的身体在浪桥上轻轻地左右摇摆。戴着白手套的双手掐着腰。帽子上的镀金徽章在晨曦中闪闪发光。

"我来。"

不停加速的心跳让我准确地意识到自己将要说出这句话。我每次输给欲望的时候，都是如此。我会走过去，站在他面前。这并非什么命中注定，而是精心设计的计划。因此，多年之后我甚至因此误以为自己是一个"有行动力的人"。

"算了吧，你肯定会输。"

在大家的嘲笑声中，我从角落里爬上浪桥。刚搭上一只脚，大家又开始起哄。

近江向我扮鬼脸。他拼命做出搞笑的动作，一会儿假装差点滑落，一会儿又轻轻摇晃戴着手套的指尖。而在我看来，那却像是一件危险武器的尖端，直顶我的胸膛。

我的白手套和他的白手套对击了几次。每次我都勉强招架，身体在浪桥上左摇右晃。或许他是想尽情地耍弄我，故意调节自己的力量，不让我过早输掉比赛。

"哎呀，好险。你真厉害。我输啦。这就要摔下去了，你看，你看，就这样。"

他又伸出舌头，佯装要跌落下去。

他脸上的滑稽表情，不知不觉间破坏了他本身的美，令我痛苦不安。我被他推着，一点点向后退，低下头不去看他。就在这个间隙，我被他猛劈了一掌。为了防止跌落，我的右手条件反射般地抓住了他右手的指尖。透过白手套，我清晰地感觉到他指尖的温度。

就在那一刹那，我和他四目相对。对视真的只持续了一刹那。滑稽的表情消失了，他的脸上流露出一种出奇的坦诚，燃起一种纯粹的激情，既没有敌意，也没有憎恶。也许只是我想多了，也许他只是因为被人拉住了手指，身体失去平衡，一时间不知所措，才流露出这种明显的表情。但是，直觉告诉我，近江已经感觉到像闪电一样贯穿我们手指间的战栗，而且他从我们对视时的我的视线里，明白了我对他的爱，只爱他一个。

我们俩几乎同时从浪桥上跌落下来。

有人把我扶了起来。那个人是近江。他用力拉住我的手，默默地为我拍掉身上的泥土。他的胳膊肘和手套上也沾上了泥，挂着闪闪发光的霜花。

我面露愠色，抬头看着他。因为，他拉着我的手走了起来。

在我们学校，大家从上一年级就在一起，互相关系亲密，同学们之间也常常勾肩搭背。听到集合的号子吹响时，大家有时就会像我们这样急匆匆地跑到操场。在同学们眼中，我和近江一起从浪桥上跌下来，也不过是一个逐渐令人厌倦的游戏结束了。我和近江在校园里手拉手，一定也不是什么特别的风景。

可是，我靠在他手臂上，依然感到欣喜若狂。可能是因为与生俱来的懦弱性格，所有的欣喜都会让我产生一种不祥的预感。但是，他坚实有力的手臂带来的压迫感，却仿佛从我的手臂流向了全身。我想就这样和他一起走下去，直到世界的尽头。

到了操场上，他忽然松开我的手臂，站到了自己的位置上，再也没有回头看我一眼。我们之间隔着四个人。举行庆典的时候，我一会儿看看自己白手套上的泥，一会儿又看看近江白手套上的泥，就像这样反复了很多次。

我对近江的倾慕没有任何理由。我不认为这种倾慕有什么不对，对它我根本不会有意识地进行批判，更不会从道德的角度进行评判。而当理性开始有意识地发挥作用时，真正的我就已经不存在了。如果这个世上有一种爱情是不可持续的，而且没有发展，那么就是我对近江的爱。我看近江的眼神，总是那"最初的一瞥"，或者叫作"劫初的一瞥"。一种无意识的操纵参与其中，保护我十五岁的纯洁不受侵蚀。

这就是爱情吗？这种爱情表面上似乎拥有一种纯粹的形式。后来我又经历过几次。从这个时候开始，它就已经具备其独特的堕落与颓废。这种堕落比世上所有爱情的堕落都更加邪恶，而其颓废的纯洁则比世上所有的颓废都更加恶劣。

我对近江的思慕，是我人生的第一次恋爱。此时的我，宛若一只怯懦的小鸟,小心翼翼地将纯真的肉欲藏在翅膀底下。让我感到迷惑的,不是那种想要把对方据为己有的欲望,而仅仅是单纯的"诱惑"本身。

在学校里,尤其是那种超级无聊的课上,我总是目不转睛地盯着他的侧脸。我甚至不知道所谓的爱其实是相互的,是追求,也是被追求。既然连这一点都不知道,那我又怎么可能向前迈出一步?对于我来说,所谓的爱,不过是一个始终无解的猜谜游戏。我甚至从来没有想过,我对别人的倾慕可以得到某种形式的回报。

有一天,我感冒了。虽然并不严重,我却请了假。可是,第二天去上学的时候才发现,我请假的当天是升入三年级后的第一个春季体检日。于是,我与体检当天请假的三两个同学一起去了医务室。

阳光照进房间,瓦斯炉在阳光中发出似有若无的蓝色火焰。房间里弥漫着消毒液的气味。以前体检的时候,赤裸的少年挤在一起,房间里总是弥漫着一种特别的淡粉色奶香。可是,这天却没有闻到这种味道。我们三人哆哆嗦嗦地打着寒战,默不作声地脱掉衬衣。

一个和我一样经常感冒的干瘦少年站到体重秤上。贫弱丑陋的后背上长着浓密的汗毛。这时,记忆突然在我心里复苏了。我想起自己曾经多么渴望看到近江的裸体。体检这么好的机会,我之前竟然没有想到。我真是太笨了。可是,现在我错过了这次机会，就只能等待下次了，而下次却又不知会是什么时候。

我顿时脸色苍白，冻得起了一身尴尬的鸡皮疙瘩，感到一种冷彻心扉的悔恨。我睁着空洞无神的眼睛，搓了一下瘦弱的大胳膊上种痘留下的可怜疤痕。医生终于叫到我的名字。体重计就像一个绞刑台，向我宣告行刑的时刻。

"三十九点五！"

医务兵出身的助手告诉校医。

校医在病历本上写下"39.5"，自言自语地说道："怎么也得上四十公斤才行啊。"

每次体检，我都不得不经历这样的屈辱。但今天听到这句话，我的心里却比以前好受一些，这是因为近江不在旁边，没有目睹我遭受的屈辱，让我感到安心。这份安心很快就转化为喜悦。

"下一个！"

助手冷漠地把我一把推开，但我也未像往常一样用嗔怒和厌恶的眼神看着他。

但是，我也已经隐隐约约预感到这份爱情将以怎样的形式告终。或许，对这种预感的不安，才是让我产生快感的主要原因。

那是初夏的一天。那天就像夏天的样品，或者说像是夏天的舞台排练。为了确保夏天到来时万无一失,夏日的先锋兵特意抽出一天时间,来人间检查人们的衣橱。唯独这一天,人们都穿上夏天的衬衫出门,证明这一天通过了检查。

可是,如此炎热的夏天,我却意外得了感冒,还犯了支气管炎。于是,我和另外一个腹泻的同学一起去医务室,请医生开一个诊断单,用于向体操课老师请假,在一旁参观(也就是课上不做体操,而在一旁看大家做体操)。

从医务室出来后,我和同学朝体操运动场走去。我俩都尽量放慢脚步,慢吞吞的。只要告诉老师去医务室,就是迟到的最好理由。因为到了那里,就只能待在一边,旁观无聊的体操课。这个时间越短越好。

"好热啊。"我脱掉学生制服的上衣。

"这不好吧。感冒了还脱衣服。当心老师一会儿喊你做体操。"

听了同学的话,我又赶紧把上衣穿上了。

"不过,我只是拉稀,脱衣服也没关系。"

我刚穿上衣服,这个同学就像故意向我炫耀似的,脱掉了自己的上衣。

我们来到体操运动场。墙上的钉钩上挂着大家脱下来的外套,甚至还有一些衬衣。全班三十多名同学,围在体操运动场对面的单杠周围。隔着昏暗的体操运动场,单杠附近的沙坑和草坪发出燃烧般的光明。我再次陷入病弱而导致的自卑中。我一边有气无力地咳嗽着，一边朝单杠走去。

干瘦的体操老师接过我手中的诊断单，看都没看一眼，就对大家说道：

"好了，我们来学习引体向上吧。近江，你给大家做个示范。"

——同学们都开始小声呼喊近江的名字。他经常在体操课上不知去向。大家都不知道他躲在哪里去做什么。这次，他又慢吞吞从一棵茂盛的大树后面走了出来。那棵大树枝叶繁茂，在风中摇曳着闪光的绿叶。

我心跳加速。他脱掉衬衣，上身只剩一件短袖运动衫。洁白的运动衫在黝黑的皮肤的衬托下，显得更加干净清爽，仿佛在很远的地方都能闻到一股清香。清晰的胸部线条和两个乳头像浮雕一样印刻在石膏上。

"引体向上吗？"

他的语气生硬，却充满了自信。

"嗯，是的。"

于是，近江和所有体格矫健的人一样，摆出一副傲慢的慵懒模样，不紧不慢地站到沙子上，伸手从地上抓起一把湿沙，涂在手掌上，然后站起身。他一边用力搓着手掌，一边抬头看向头顶的单杠，眼神中闪现出一种渎神者的决心，将投影到双眸中的五月的白云和蓝天隐藏在流露出轻蔑的清澈眼神里。他纵身一跃，一双适合刺上碇形文身的手臂将他的身躯吊在了单杠上。

"哇哦。"

同学们发出一阵低声的赞叹。大家心里都明白,这赞叹声不是对他的技艺,而是对青春、活力和优越的赞叹。是他裸露的腋窝中肆意生长的丰饶毛发,让大家感到惊叹。少年们可能是第一次看到那么多毛发,就像夏日的杂草一样芜杂茂密,多得甚至让人觉得有些多余。就像夏天的杂草覆盖了整个院子依然意犹未尽,于是又爬上石阶,这些毛发也溢出近江深陷的腋窝,朝胸部的两侧茂密地生长。这两簇黑色的草丛在阳光下闪着光。在它的衬托下,周围白皙的皮肤宛若一片银白的沙滩。

他的双臂猛一用力,肩膀的肌肉就像夏天的云一样高高地隆起,腋窝里的草丛折叠到阴影中,消失不见了。胸部在高空与单杠摩擦,微微地颤抖着。他重复着引体向上的动作,一遍又一遍。

生命力,一种没有意义的旺盛生命力震撼了这群少年。过于旺盛的生命力,充满暴力性的力量,没有任何目的,仿佛仅仅是为了生命而存在的力量,这些令人不快而且陌生的充溢震撼了他们。在近江本人还没有意识到的时候,一个生命就已经潜入并占领了近江的肉体,最后冲破他的肉体,从里面喷涌出来,企图凌驾于他之上。从这一点上看,生命就像疾病一样。他那被野蛮的生命侵蚀的肉体安放在这个世界上，只不过是为了疯狂地献身为不畏传染的活祭[1]。然而，在畏惧传染的人眼中，那副肉体是对他们的指责。——少年们踉踉跄跄地纷纷后退。

我也和他们一样，又稍微有些不同。说起来，真的足以让人臊红了脸。因为，看到他腋下那茂密的一簇，我突然开始勃起了。当时我穿着一件薄薄的裤子，心里战战兢兢，唯恐别人看出来。即使没有这种担忧，占据我内心的也绝不是这种单纯的快感。其中还夹杂着一种别的感情。我翘首期待着看到他的肉体，现在终于如愿以偿。可是这一瞬间给我带来的震撼，反而勾出了一种意外的情感。

是嫉妒。

我听到了近江的身体"咣当"落地的声音。他就像刚刚完成了一件伟大的工作，从上面跳下来。我闭上眼，摇了摇头。然后告诉自己：我已经不爱近江了。

那是嫉妒，是一种强烈的嫉妒，足以让我主动放弃对近

---

[1] 献身体为活祭，出自圣经《新约·罗马书》第12节："所以弟兄们，我以神的慈悲劝你们，将身体献上，当作活祭，是圣洁的，是神所喜悦的，你们如此侍奉，乃是理所当然的。"而后"献身"转义为基督徒为传教事业而奉献终生，此处与塞巴斯蒂安的典故呼应。

江的爱。

当时我产生了一种需求,那就是希望用斯巴达克训练法要求自己。或许在这件事当中,这种需求也起到了一定的作用(写这本书本身已经是这个需求的一种体现)。幼年时期身体的病弱与祖母对我的溺爱,让我变成了一个怯懦害羞的小孩。我甚至不敢直视别人的眼睛。但是,从这个时候起,我开始迷信一条行为准则[1],那就是"一定要变坚强"。我发现了一种可以让自己变坚强的训练方法——在上下学的电车上,不论对方是谁,我都会目不转睛地盯着他。大多数情况下,人们见一个瘦弱苍白的少年瞪大眼睛盯着自己,都不会表现出害怕的样子,而是会不耐烦地把头扭到一边。几乎没有人选择瞪大眼睛与我对视。看到对方转开视线,我就感觉自己胜利了。就这样,我渐渐学会直视别人的眼睛了。

自以为放弃了爱的我把自己的爱抛到了脑后。这表面上好像是一种豁达。我忘记了爱的最明显特征,erectio[2]。在很长一段时间里,勃起一直在不自觉地发生,而当我独处时,由它引起的那个"恶习"也在无意识中持续了很长一段时间。我学到了一些一般的性知识,却不知道自己与大家的不同,

---

1 此处为哲学术语,在康德哲学(《实践理性批判》)中指基于感性欲望的行为准则,是主观的、非普遍性的,是与法则相对的概念。

2 勃起,原文即为拉丁文。

从未因此而感到苦恼。

　　当然，我也并不认为自己的这种超出常规的欲望是正常和正统的，也并没有误认为所有朋友都和我拥有同样的欲望。无奈的是，我喜欢浪漫的故事，就像不谙世事的少女，把所有优雅的梦想都寄托在男女之间的爱情或婚姻里。我把自己对近江产生爱慕的谜团抛诸脑后，没有深究其意义。我现在是用"爱慕"或"恋慕"这样表述这段感情，但当时我却完全没有这样的意识。我做梦也没有想到，这种"欲望"与我的"人生"有朝一日会发生重大的关联。

　　尽管如此，我的直觉要求我寻求孤独。它表现为一种神秘而异于寻常的不安。前面我曾提到，我从幼年时期开始，就害怕长大，常常抱有一种深深的不安。每次我感觉到自己的成长，就会产生一种剧烈的不安。和当时的所有家庭一样，因为孩子的个头长得太快，裤子每年都要加长，做裤子时会锁一个长裤边。我用铅笔在家里的柱子上标上自己的身高，当着全家人的面在客厅里测量身高。家人见我个子又长高了，就会跟我开玩笑，或者单纯地表达喜悦。这种时候，我总是强颜欢笑。但是，想到自己将要长得像大人那么高，我就不由得感到一种可怕的危机。对未来的朦胧不安，一方面提高了我不切实际的幻想能力，另一方面也驱使我奔向那个"恶习"，让我逃进幻想中。

　　"你活不过二十岁。"

我的朋友见我身体孱弱，都这样跟我开玩笑。

"好过分啊。"

我一脸严肃地苦笑，然而却从这个预言中感受到甜蜜的感伤对我的诱惑。

"我们打赌吧。"

"既然你赌我活不过二十岁……"我回答，"那我就只能赌自己可以啦。"

"是啊，真可怜。你输定了。"

朋友用少年特有的冷酷口吻，这样重复了一遍。

当时，我的腋窝里刚刚长出一点像芽蘖一样的毛发，没有一个人像近江那样，长出那么旺盛的腋毛。并非我一个人如此，班上的同学也都和我一样。所以，在此之前，我对那个部位并没有给予特别的关注。而让我开始迷上那个部位的，毫无疑问是近江的腋窝。

在那之后，每次洗澡，我都会在镜子前伫立良久。镜子冷冷地照出我的裸体。我就像一只相信自己长大后也能变成白天鹅的丑小鸭。但是，我的故事和那个童话的励志主题完全相反。我站在镜子前，看着自己瘦削的肩膀和单薄的胸部，强行让自己产生一种期待，以为镜子里与近江没有丝毫相似之处的我的肩膀和胸部，总有一天也会变成近江那样。同时，一种如履薄冰的不安依然占据了我心中的每一个角落。这与其说是一种不安，不如说是一种自虐式的确信。这种确信好像是神明对我的启示——"我绝不可能变成近江的样子"。

元禄时期[1]的浮世绘中画着一些相爱的男女，他们的容貌常常很相似。希腊雕塑的普遍审美理想也是追求男女的相似。这其中莫非隐含着一种爱的奥秘吗？这种爱的深处，莫非流淌着一种不可能的热切企盼，希望与对方变得相似，分毫不差。这种热切企盼驱使人们，将他们引向悲剧性的背离，即希望从对立面让不可能化为可能。也就是说，有一种心理上的机制——既然相爱的双方不可能变得完全相似，那倒不如努力变得完全不同，通过这种背离产生一种性的吸引。而且，令人悲伤的是，所谓的相似不过是稍纵即逝的幻影。这是因为，尽管恋爱的少女变得果敢，恋爱的少年变得羞涩，但他们为了变得与对方相似，也终究只能超越对方的存在，飞向彼方——那已经没有了对象的彼方。

我心怀强烈的嫉妒。我甚至告诉自己，我不再爱他了。但是，若用上面的逻辑进行分析，就会发现这种嫉妒其实仍然是"爱"。我爱上自己腋窝里"与近江相似"的那个东西。它一点点发出芽来，扭扭捏捏地生长，慢慢吞吞地变黑……

---

1 元禄时期，德川幕府第五代将军纲吉在位期间，以元禄年间（1688—1704）为中心，前后约五十年，是江户时代最为鼎盛繁荣的时期，市民文化呈现出繁荣的局面，浮世草子作家井原西鹤、俳谐诗人松尾芭蕉、剧作家近松门左卫门均为这一时期的重要代表人物。

暑假到来了。对于我来说，这是一段我翘首以盼却不知如何打发的幕间休息时间，是一场我无比向往却又令我备感不适的宴会。

自从患上轻微的小儿结核症，医生就禁止我暴露在强烈的紫外线下。我不能在海岸的直射阳光下照射三十分钟。每当违反医生的禁令，我就会马上遭到报复，开始发烧。学校的游泳课我也上不了，所以到现在我也不会游泳。结合多年后盘踞在我心头且常常让我动摇的"大海的蛊惑"，就会觉得我不会游泳这件事其实是有暗示性的。

然而，当时的我还没有遇到难以抗拒的大海的蛊惑。夏天的一切都不适合我，到了这个季节，总有一种莫名的憧憬撩拨我的心。那一年，为了无忧无虑地度过夏天，我和母亲、弟弟妹妹一起来到了 A 海岸。

——突然，我发现岩石上只剩我一个人。

刚才，我和弟弟妹妹沿着石滩，寻着小鱼隐现的岩缝，来到这块巨大的岩石边。没有得到意想中的猎物，年幼的妹妹和弟弟开始觉得无聊。这时，女仆来接我们了。她要带我们回到海滩上。母亲正在那里的遮阳伞下休息。我一脸不开心地拒绝与她一起回去。她便丢下我，只带着妹妹和弟弟离开了。

刚刚过了正午，盛夏的骄阳不间断地掌掴着大海的脸。整个海湾就是一个巨大的眩晕。夏天的云将其雄伟的、悲伤的、先知模样的身姿浸入海中，默默地伫立在海面上。云的肌肉像雪花石膏一样苍白。

这里唯一能看到的人影，就是远方船上的水手。从海滩上开出的两三艘快艇、小船和几艘渔船在远处的海面上徘徊，缓缓地移动。精致的沉默笼罩着一切。海面上吹来的微风好像在暗示我一个让人想入非非的秘密，别有用心地将其像昆虫一般快活的无形的振翅声送到我的耳边。这一带的石滩是由倾向大海的扁平顺滑的岩石形成的，而我身下这种陡峭的岩石，在整个石滩上只有两三块。

海浪起初就像海湾上隆起的绿色鼓包，里面夹裹着不安，从远方沿着海面滑了过来。低矮的岩石就像一只朝大海求救的白色手臂，抵挡着海浪，溅起高高的浪花。同时，它将自己的身体涵养在深沉的充实感中，仿佛做着摆脱束缚的浮游之梦。但是，那块绿色的鼓包很快又丢下了它，以相同的速度滑向海滩。过了一会儿，一个东西在这个绿色的箭囊中苏醒，站起身来。海浪也跟着起身，就像一把高举的斧头，将其锋利的斧刃一览无遗地展示在我的眼前。这个深蓝色的断头斧溅起白色的血滴，砍了下来。随后，随着粉碎的海浪而闪现的浪背上，映出了临终之眼才能看到的至纯的蓝天，那是一种极致的蓝色。——一排排被腐蚀的扁平岩石从海面上微微露出头来,在海浪扑来的瞬间又藏进白色的水沫中,余波退去的瞬间则发出闪亮的光芒。我坐在岩石山,看到寄居蟹在这耀眼的光线中跌跌撞撞,螃蟹则一动不动了。

孤独的感觉马上和我对近江的回忆混杂在一起。情况是这样的:近江生命中充满了孤独,因生命对他的茧缚而生出的孤独。对这种孤独的向往,开始令我企望肖似他的孤独,令我希望通过对他的模仿,享受现在表面上与之有些相似的我的孤独——在翻涌横溢的大海面前感受到的这种空虚的孤独。我应该会一人分饰两个角色:近江和我本人。因此我必须找出自己和他的相同点,哪怕只有一点点。这样的话,我应该就能变身为他,将他仅仅在无意识中怀抱的孤独,有意识地想象为一种令人身心愉悦的东西,并将其表现出来。很快,我应该就可以完成一个空想中的成就,那就是把我看到近江时产生的快感当成我想象的近江本人的快感。

自从被圣塞巴斯蒂安的画像吸引,我就养成了一个习惯。每当我脱光衣服的时候,都会交叉双手举过头顶。自己的肉体瘦弱贫瘠,没有半点塞巴斯蒂安的丰美。现在,我又不经意地试了一下。眼睛看到了腋窝。一种莫名的情欲涌了出来。

夏天来临的时候,我的腋窝里也长出了一簇黑色的草丛。虽然根本无法跟近江的那里相提并论,但这就是我和近江的相似之处。这个情欲的产生,很明显有近江的因素存在。但这依然不能否认，我的情欲针对的是自己的那个部位。当时，让我的鼻孔颤抖的海风，火辣辣地照在我裸露的肩膀和胸口上的烈日，以及放眼望去没有一个人影这件事，三者联合起来，诱使我第一次在蓝天下实施了"恶习"。这次，我选择了自己的腋窝作为它的对象。

一种不可思议的悲伤让我的身体开始颤抖。孤独像太阳一样灼烧着我。藏青色的毛线短裤黏黏地贴在肚子上，很不舒服。我慢慢地走下岩石，双脚浸入水中。余浪让我的双脚看起来就像是死掉的白色贝壳。散落着贝壳的石板，在海面的波纹下摇曳，看得一清二楚。我跪在水中。这时，打碎的海浪怒吼着朝我扑过来，撞到我的胸口。我一动不动，任由溅起的浪花将我裹在其中。

海浪退去的时候，我身上的污浊也被洗净了。无数的精虫和远去的海浪一起，和那海浪中的众多的微生物、众多的海藻种子、众多的鱼卵等各种各样的生命一起，被卷入波浪翻涌的大海，冲走了。

秋天，新学期开学了，近江却没有出现。学校的宣传栏上贴着他被开除学籍的告示。

然后，就像当一个国家的篡位者死后那里的人民，同学们都在谈论他的恶行。有人说他借了自己十块钱还没有还，有人说他笑着抢走了自己的进口钢笔，有人说自己被他掐过脖子……几乎所有人都曾遭遇他做过的这些坏事,只有我对他的恶一无所知。这让我心生嫉妒,嫉妒让我变得疯狂。但是,关于他被开除学籍的原因,却没有一个确切无疑的定论,这多少缓解了我的绝望。虽然每个学校里都有一些嗅觉灵敏的消息通,但是关于近江为什么被开除,却没有人能说出一个令所有人信服的理由。老师只是微笑着说他"犯了错误"。

只有我对他的"恶"拥有一种神秘的确信。他肯定是参与了一个连他本人都还没有意识到的巨大阴谋。那颗"恶"的灵魂驱使的意志,才是他的生存价值,是他的宿命。至少我如此认为。

于是,这个"恶"的意义在我心中发生了变化。它引发的那个巨大阴谋,须得是拥有复杂组织的秘密结社,其有条不紊的地下战术一定是为了捍卫某个不为人知的神。他信奉那个神,试图让人们改变信仰,结果却遭人告密,被秘密处决。在一个黄昏,他被人扒光衣服押到小山上的杂木林中。在那里,他的双手被高高地绑在树上。第一支箭刺进了他的侧腹,第二支箭刺进了他的腋窝。

我继续联想。这样想来,他双手抓住单杠做引体向上时的身姿,比任何东西都更容易令人联想起圣塞巴斯蒂安。

* * *

上中学四年级的时候，我患上了贫血症。脸色越来越苍白，手变得枯黄。爬上一段高高的台阶，就会气喘吁吁，感觉就像白雾一样的龙卷风扑向我的后脑勺，在那里打开一个洞，差点让我晕倒，于是只好停下来休息。

家人送我去看医生。诊断为贫血症。这是一个我们相熟的医生，为人和蔼有趣。听到我的家人问什么是贫血症时，他回答说："那我就照书本上写的给你们讲一下吧。"当时我结束了检查，坐在医生旁边。家人坐在医生的对面。我能看到医生读的那本书，家人看不到。

"……嗯，然后，关于病因嘛，就是这个病的原因嘛，'十二指肠虫'，大多是这个。你也可能是这个原因呢。需要化验大便才能确定。然后，还有'萎黄病'，应该不大可能是这个原因。女人才会得这种病。"

然后，医生跳过了书上说的一个原因，没有读。他小声嘟囔着，合上书本。但是，我看到了他跳过去的那条原因。是"自慰"。我感到害臊，心怦怦直跳。医生全都看在了眼里。

他给我开了砒霜注射液。过了一个多月，这个毒药的造血功能治愈了我的病。

但是，根本不可能有人知道，我的缺血现象和我对鲜血的渴望有着异常的密切关系。

血液与生俱来的缺乏，让我产生了梦想流血的冲动。而这种冲动又让我的身体失去了更多血液，进一步加剧了我对鲜血的渴望。这种痛苦的梦想生活磨炼了我的想象力。虽然当时我还没有听说过萨德[1]，却已经读过《你往何处去》[2]。作品中对罗马角斗场的描写给我留下了深刻的印象，于是我也想象出一个自己的杀人剧场。在那里，年轻的罗马角斗士仅仅为了主人的享乐而献出生命。死亡须得血淋淋，而且要具有强烈的仪式感。我对所有形式的死刑和刑具产生了兴趣。拷打的刑具和绞刑架因为不会让人流血而被我疏远。我也不喜欢手枪和大炮等使用火药的凶器，尽量选择那种原始而野蛮的箭、短刀和长矛等。为了延长痛苦的时间，腹部被选为攻击的目标。活祭须得长久地发出哀伤和痛苦的号叫，令人感受到一种难以形容的存在的孤独。然后，我生命的欢喜就从内心深处燃烧起来，最后发出欢呼，回应活祭的号叫。想必这就是古代人狩猎时感受到的欢喜吧。

希腊的士兵、阿拉伯的白人奴隶、原始部族的王子、酒

---

[1] 萨德侯爵（Marquis de Sade,1740—1814），法国作家，因情色作品和放荡的生活而知名，著有《闺房哲学》，其中对同性恋和唯乐主义的讨论引起了巨大的反响，而萨德也是对三岛由纪夫的创作产生了重要影响的作家，三岛由纪夫的戏剧代表作《萨德侯爵夫人》即是以萨德的传记为素材而创作的。

[2] 《你往何处去》（Quo Vadis?），长篇历史小说，创作于1896年，通过一对年轻男女的爱情故事反映了罗马帝国的衰亡和早期基督教的兴起，作者为波兰作家亨利克·显克维支（Henryk Sienkiewicz,1846—1916），他于1905年因这部作品获诺贝尔文学奖。

店的电梯司乘、侍应生、流氓地痞、军官、杂技演员等，都逐一被我的空想凶器杀戮。我就像那个因不懂得如何去爱而误杀了心爱之人的原始部族的侵略者。他们倒在地上，我俯下身亲吻他们抽搐的双唇。一个偶然的暗示，让我发明了这样一种刑具：行刑架固定在钢轨的一端，载着身插十几把短刀的纸人从另一端滑过来。有一个死刑工厂，刺穿人体的转盘不停地旋转，加入甜味剂的鲜血汁装进易拉罐里销售。很多活祭都被反剪着双手，送进这个中学生大脑中的角斗场里。

刺激越来越强烈。最后，我完成了一个人类能够想到的最坏的空想。这次空想的活祭也是我的同学。这个少年是个游泳健将，拥有一流的身材。

地点是地下室。那里正举行一个秘密宴会。典雅的烛台在洁白的桌布上闪烁着光芒，银制的刀叉摆在盘子的左右两侧。当然，按照惯例，还摆着一束盛开的康乃馨。但奇怪的是，桌子中间的空白面积很大。一定是有一个巨大的盘子将要放到这儿。

"还没做好啊。"

一个客人这样问我。这里光线太暗，我看不清他的脸，但声音听起来像是一个威严的老人。对了，照在脸上的光线太暗，所有来客的脸都看不清楚。只能看到一双双白色的手伸到灯光下，操纵着刀叉。细微的人声在周围飘荡，像低声交谈，又像自言自语。宴会的气氛阴森森的，没有什么特别引人注意的声音，只有椅子偶尔发出咯吱咯吱的响声。

"我想应该快做好了。"

我回答道。可回应我的却是一阵阴郁的沉默。很明显，我的回答让大家变得不开心了。

"我去看一下吧。"

我站起身，打开了厨房的门。厨房的角落有一条通往地上的石阶。

"还没做好吗？"

我问厨师。

"急什么，马上就做好。"

厨师好像很不耐烦，手里切着好像叶子一样的东西，头也不抬地回答。三平方米有余的厚案板上什么也没有。

笑声沿着石阶传了下来。另外一个厨师牵着我的同学——那个强壮的少年的手，走了下来。少年穿着一件普通的长裤和一件胸口处敞开的藏蓝色保罗衫。

"哦，B君，是你啊。"

我随口说了一句。他走下石阶，两手依然伸在口袋里，朝我调皮地笑了笑。这时，厨师突然从他身后扑上来，掐住了他的脖子。他开始激烈地反抗。

"……听说这是柔道运动员的手？……是柔道运动员的手啊。……那个怎么说来着？……对……掐住脖子……不会真的死掉……只是会晕过去。"

我一边这样想着，一边看着这场激烈的搏斗。少年突然垂下脑袋，瘫软在厨师强壮的臂弯里。厨师毫不费力地把他抱起来，放到案板上。然后，另外一个厨师走过来，机械地脱掉他的保罗衫，摘掉他的手表，脱掉他的裤子，很快就将他扒得一丝不挂了。赤身裸体的少年微微张着嘴，仰面躺倒在案板上。我久久地亲吻他的唇。

"脸朝上还是朝下？"

厨师问我。

"朝上比较好吧。"

我回答。这样可以看到他像盾牌一样的琥珀色胸部。另外一个厨师从橱柜里拿出一个和人体差不多大小的盘子。那个盘子非常奇特，边缘开着十个小孔，一边各五个。

"嘿哟。"

两个厨师合力抬起晕倒的少年，将他仰面放到盘子上。厨师开心地吹起了口哨，用一根细细的麻绳穿过盘子上的孔，紧紧地绑住少年的身体。他们敏捷的手势说明了他们的熟练程度。大片的生菜叶子装饰在少年的裸体周围。特大型铁制刀叉放在盘子上。

"嘿哟。"

两个厨师合力扛起盘子。我打开餐厅的门。

迎接我的，是友善的沉默。餐桌的空白处在灯光下亮得耀眼，盘子被放了上去。我回到自己的座位上，从大盘子的一侧拿起特大型刀叉。

"从哪里下手呢?"

没有人回答。我感觉到很多张脸朝盘子凑了过来。

"这里可能更好切一点。"

我把叉子插进了他的心脏。鲜血喷到我脸上。我右手持刀,慢慢地开始切他的肉,首先薄薄的……

我的贫血症痊愈了,恶习却越发失控。几何老师A是所有老师中最年轻的,每次上几何课,我都盯着他,百看不厌。据说他曾教过游泳课,拥有被海边的阳光晒黑的肤色和像渔夫一样低沉浑厚的声音。当时是冬天,我就将一只手伸进裤子口袋里,用另外一只手在笔记本上抄写黑板上的字。不知不觉间,我的视线就离开了黑板,转到A老师身上。A老师用他那年轻而富有朝气的声音反复解释着难解的几何题,从讲台上走下来走上去。

肉体的欲望已经开始严重影响我的日常生活。在我的视线里,年轻的老师不知不觉间变成了想象中的赫拉克勒斯[1]裸体雕像。他一边晃动着左手的黑板擦,一边伸出右手用粉笔在黑板上写下方程式的时候,我从他后背的衣褶中看到了

---

1 赫拉克勒斯(Hercules),希腊神话中的大力神,宙斯之子。

"弓箭手赫拉克勒斯"[1]的肌肉的褶皱。我终于在上课时犯下了恶习。

课间,我茫然若失地耷拉着脑袋,走向操场。这时,我的恋人(也是单相思,一个留级生)走过来问道:

"喂,你昨天去片仓家吊丧了吧?什么情况?"

片仓是一个刚刚死于结核的温柔的少年,前天刚刚下葬。听同学说,他死后的样子跟生前完全不同,像个魔鬼。于是,我就瞅着遗体差不多已经火化的时候,去吊唁了一下。

"没有啦,都变成骨灰了啊。"我只能这样冷淡地回答。这时,我突然想起一句可以讨好他的传话。"哦,对了,片仓的妈妈让我代她向你问好。她说自己以后孤孤单单的,请你有时间一定来家里玩。"

"浑蛋!"他骂了一句,狠狠地把带着体温的拳头砸到我的胸口。我吓了一跳。恋人的脸颊因少年特有的羞涩而变得通红。他的眼神中罕见地流露出一种将我视为同类的亲切,闪现出光芒。他又骂了一句"浑蛋",然后说道:"你小子也学坏了。瞧你那一脸坏笑。"

我一时间没明白他的意思。为了避免尴尬,我笑了笑。过了三十秒,我才终于明白了。片仓的母亲是一个年轻貌美、

---

[1] "弓箭手赫拉克勒斯",法国雕塑家布德尔的作品,被认为是雕塑史上的里程碑式杰作。

身形苗条的寡妇。

比这更让我郁闷的,是我明白这个迟来的发现并非出于我的无知,而是我们的关注点根本不在一个地方。这种隔阂让我感到沮丧和懊恼。原本是可以预见的事态,可我却后知后觉,而且因此大吃一惊。我完全没有想过片仓母亲的传话会引起他怎样的反应,只是随口将原话转达给他,以为这样可以达到恭维的目的。我的这种幼稚本身非常丑陋,就像孩子刚哭过的脸上留下的泪痕,令人绝望。为什么不能再这样下去了?这个问题我已经在心中问了自己一百万遍,如今已经疲惫不堪,无力继续追问。我已厌倦至极,弄垮了自己的纯洁之身。我觉得若自己好好想想办法(真是谨慎啊),也可以摆脱这种状态。就像我相信自己现在厌倦的只是幻想而不是人生,却不知道让我感到疲惫和厌倦的,明显也是我人生的一部分。

人生催促我启程。是我的人生吗?即便不是我的,我也是时候该迈开沉重的步子,朝着人生出发了。

第三章

人人都说，人生就是一场戏。然而，想必很少有人像我一样，从即将告别少年时代的时候开始，就一直陷入"人生就是一场戏"的意识中无法自拔。这种意识已非常清晰，但夹杂着些许肤浅的朴素经验，因此我在内心深处也曾经有些怀疑，以为大家或许并不会像我一样朝着人生出发。但同时我又有七分确信，相信每个人都会像我这样开启人生。我乐观地以为，只要结束了表演，舞台就会落幕。我对自己可能早逝的假设，也助长了这种想法。但是，这种乐观主义，或者说是梦想，在多年以后遭到了沉痛的报复。

在此，为了防止引起误解，我要补充说明一下。我要讲的并非前面说的那种"自我"，而只是"性欲"的问题。除此之外，现在我还不打算讲别的事。

差生之所以能成为差生，需要有天分。但我却为了升入普通班，采取了一种姑息的手段。就是那种在考试的时候，完全看不懂内容却照抄同学的答卷，然后若无其事地交上卷子的手段。这种比夹带小抄更愚蠢和无耻的方法，有时也会获得形式上的成功。他升了级。老师以低年级已经掌握的内容为前提授课，只有他完全听不懂。即便认真听课，也完全听不懂。于是，他便只剩下两条路，一条是继续堕落下去，另一条就是拼命地不懂装懂。无论走哪条路，都取决于他的懦弱和勇气的质量，而非程度。无论走向何方，都需要等量的勇气和等量的懦弱。而且，无论哪个方向，都需要一种诗意与永恒的怠惰渴望。

有一次，一伙同学从学校的墙外走过。他们一边走一边窃窃私语，我也加入了其中。大家聊起一个不在场的同学的绯闻，说他喜欢上往返学校的公交车的女售票员。很快，大家就从绯闻引出了一般议论，纷纷表示疑问：他到底喜欢女售票员哪儿呢？听了他们的话，我特意用一种冷漠的语调，这样回答道：

"肯定是她的制服啊。紧身的样子好看呗。"

当然，女售票员的肉体对我没有丝毫吸引力。这是一种类推，仅仅是一种类推。这个年纪的少年，总爱装出一副深谙男女之情的成熟模样，冷淡地表达自己对事物的看法。我之所以说出这些话，是出于这种年纪特有的炫耀心理。然而，同学们的反应却过于夸张。这些人在学校里都是品学兼优的

稳重派。他们听了我的话,纷纷说道:

"服气,你小子可真不简单。"

"一定是经验丰富,才能这么直中要害呢。"

"说真的,你小子有点可怕唉。"

听到这些天真的感叹,我才发觉自己用药过猛了。同样一番话,如果我说得更朴实一点,更加不经意一点,也许会让我显得更有内涵。于是,我开始后悔没有采取更妥当一些的方式方法。

十五六岁的少年进行这种与年龄不符的意识操纵时经常会犯一个错误,那就是看到唯独自己比别的少年取得更牢靠的成果,便误以为自己能够操纵意识。事实并非如此。只不过是我的不安、我的不确定,让我比其他任何人都更早地要求自己对意识加以控制。我的意识不过是错乱的工具,我的操纵不过是在自己目测的不确定的分量之内。按照茨威格的定义,所谓"魔鬼性",是"一种与生俱来的不安定(Unruhe),这种不安定驱使人们脱离自我、超越自我,将人推向无限的本原当中"。而且,就"像是自然从其过去的混沌中选取了无法剔除的不安定的部分,留在了我们的灵魂当中",这种不安定又产生一种迫切的渴望,"试图回到那种超越人性、超越感官的本原之乡"。[1]

---

[1] 出自茨威格《与魔鬼搏斗的人——荷尔德林、克莱斯特、尼采》序言部分。此处参考该书的两个中文译本(徐畅译、潘璐等译),整体根据日文译出。

在意识仅仅具有解释效用的地方，人当然不需要意识。

我本人并未从女售票员身上感受到任何肉体的吸引，却通过单纯的类推和前述的方式方法有意识地说出了那些话，让同学们大吃一惊。他们羞得满脸通红，甚至通过青春期敏感的联想能力，从我的那些话中隐隐约约地体会到某种感官上的刺激。看到他们那一副窘态，我的心中自然涌起一种怀着恶意的优越感。但是，我的心并未就此停止活动。接下来轮到我自己上当受骗了。因为，优越感的苏醒方式不同寻常，其路径如下：优越感的一部分开始自我陶醉，陷入酩酊的状态中，自以为比别人先进。陷入酩酊的这一部分，比其他部分更早醒来。结果犯下一个错误：在其他部分还未醒来的时候，就已经开始用苏醒的意识估算一切，然后将"自己比别人先进"的陶醉修正为"我也和大家一样是个普通人"的谦逊。然后，因为上述错误的估算，这种谦逊又进一步升级，变成了"对，我在所有的方面都和大家一样只是个普通人"（还未苏醒的部分让这种升级成为可能，并为之提供支持）。结果导向了"所有人都是如此"的傲慢结论。意识仅仅作为一种错乱的工具，在此强势地发挥作用，我就这样完成了我的自我暗示。这种自我暗示，是非理性的、愚蠢和虚假的，就连我自己都意识到它是一种具有明显欺骗性质的自我暗示。从那个时候，这种自我暗示就已经控制了我至少百分之九十的生活。我甚至觉得，可能没有人像我一样在凭依现象面前如此脆弱。

想必就连读到这一段文字的人也已经明白了。我之所以能针对女售票员说一些稍微有点色情的话,不过是出于一种极为简单的理由,而我却唯独没有意识到这一点。——这个极为简单的理由,就是我不像别的少年那样会对女人产生一种先天的羞耻感。

为了避免大家批评我是用自己现在的思考分析当时的自己,下面我摘抄一段自己当时写下的文字。

　……陵太郎毫不犹豫地加入陌生的同学中间。他相信,只要自己尽量做出欢快的举动,或者说表演出快乐的样子,就能将那些没有来由的忧郁和倦怠封存起来。作为信仰的最佳要素的盲信,将他固定到一种白热化的静止形态上。一边与同学们开着无聊的玩笑,嬉笑打闹,一边不停地在心里告诉自己:"我现在不郁闷,也不觉得无聊。"他将这称为"忘却了烦恼"。

　别人都常常怀疑"我幸福吗?这也算快乐吗?",并因此感到苦恼。这才是幸福的常态,就像只有"怀疑"本身才是毋庸置疑的一样。

　然而,只有陵太郎一个人定义为"是快乐的",并对此坚信不疑。

就这样，周围的人开始相信他所谓的"确信无疑的快乐"。

最后，虽然微弱却确切无疑的东西得到加强，被关进一个虚伪的机器中。这个机器强力启动，于是他被关进一个"自我欺瞒的房间"，却不自知……

机器强力启动……

机器真的强力启动了吗？

少年时期的男孩都有一个共通的缺点，就是以为自己只要将魔鬼视为英雄，魔鬼就会满意。

却说，我向着人生出发的日子越来越近。旅程的预备知识，主要来自大量的小说、一部性知识百科事典和同学们之间互相传阅的淫秽书刊，以及在每次野外操练后晚上的卧谈会上听来的很多粗鄙的荤段子。而比起这些，旺盛的好奇心才是我最忠实的旅伴。仅仅因为决意成为一个"虚伪的机器"，整装待发的我就变得精神昂扬。

我认真细致地研读了很多小说，以此调查我的同龄人是如何感受人生，又是如何与自己对话的。我没有住过校，也不曾加入体育社团，性格又过于内向，而且，因为学校里有很多装腔作势的假道学，无意识的捉鸟游戏风靡期过后，就几乎再也没有人玩那种下流的游戏了，所以将这些情况与小说里的人物逐一对号入座就变得非常困难。我只能通过一般的原则进行推理，猜测"与我同龄的男孩子"独处时会有什么样的感受。似乎每个少年都会迎来拥有旺盛好奇心的青春期。到了这个时期，少年心里想的全是女人，脸上长满青春痘，头脑常常冲动，有时还会写一些甜蜜的情诗。从这个时期开始，虽然性学专著中常常指出自慰的危害，但看到有的书又说自慰没什么害处因此大可放心时，他们便沉溺于自慰的行为无法自拔。从这一点上来说，我和他们并无二致！尽管并无二致，但我们的幻想对象却完全不同。然而，关于这一点，自我欺骗的机制让我选择了无视。

首先，"女人"这两个字本身好像就会对他们产生一种异乎寻常的刺激。只要心里想起"女人"这个字眼，他们就会满脸通红。但是，对于我来说，"女人"这两个字给我的感觉，与铅笔、自行车、扫帚等没有任何区别。就像之前提到片仓的母亲时那样，在和朋友聊天的过程中，偶尔会暴露我欠缺这方面联想能力，让人觉得我令人费解。于是，他们以为我是诗人，自然与众不同。我不想被人当成诗人（因为据说诗人是总会被女人抛弃的那一类人种），便开始人工陶冶这方面的联想能力，试图跟上他们的话题。

但我却不知道，我们的不同不仅仅体现在内在的感觉方面。这种感觉由内向外进行无形的表露时，我和他们也表现出明显的差异。他们看到女性的裸体时，会马上 erectio（勃起），唯独我不会。而引起我勃起的对象（这从一开始就由倒错爱的特质进行了严格的筛选），也即爱奥尼亚风格的青年裸体像什么的，却根本无法引发他们的勃起。

我在第二章特意详细地描述了 erectio penis（阴茎的勃起），就是为此进行的铺垫。因为，我的自我欺骗就出自这方面的无知。所有小说的接吻场面中，都省略了对男人勃起的描写。这也是理所当然，因为根本就没有必要写出来。在性学专著中，也不会谈及连接吻时都会发生的勃起现象。于是，我认为勃起发生于性交之前，或者仅仅是通过性幻想而产生的一种现象。我以为即便没有任何欲望，只要时机到了，我也会突然勃起，就像从天外飞来灵感一样。而我心中另外百分之十的部分则一直小声告诉自己"不，只有我和大家不同，我不会勃起"，这呈现为我各种形式的不安。然而，我在犯那种恶习的时候，是否也曾想象过女人的某个部位呢？哪怕只有一次，哪怕只是尝试性的。

没有，从来没有。而关于其原因，我曾以为仅仅是因为自己的怠惰。

昨天在街角瞥见的女人一个个脱光衣服，赤身裸体地走在少年们的梦里。女人的乳房宛如浮在月夜水面上的水母，无数次浮现在少年们的梦里。在他们的梦里，女人们尊贵的私处打开湿润的唇，几十几百上千次反复唱着塞壬[1]的歌谣。所有的这些，我到底一无所知。

这是因为怠惰？恐怕是因为怠惰？这是我的疑问。我朝向人生的勤勉全部来源于此。我的勤勉悉数用来为这一点怠惰辩护，为了将怠惰这个说辞贯彻到底。

首先，我决定整理一下自己关于女人的所有回忆。然而，这样的回忆真的屈指可数。

大概十四五岁的时候，曾发生过这样一件事。父亲工作调动到大阪。动身那天，几个亲戚到东京站为父亲送行，回来的路上顺便来我家做客。也就是说，一行人和我母亲、我、妹妹、弟弟一起来我家玩。其中有我远房表姐澄子。她才二十岁左右，刚好是谈婚论嫁的年纪。

她长着两颗虎牙，皓齿如玉。笑起来的时候，两颗虎牙就像要特意展示自己似的，微微向外凸出，给她的笑容添上了几分莫名的娇媚。虎牙原本是一种扭曲，这种扭曲却宛若一滴香料，滴入协调的柔美中，进一步增强了美的和谐。就

---

[1] 塞壬(Siren)，希腊神话中人面鸟身的女妖，用美丽的歌声迷惑航海之人，传说很多男人被她的歌声吸引而因此丧命。相关记载可见于《荷马史诗·奥德赛》第十二卷。她与德国传说中的女妖罗蕾莱形象相似。

像富于变化的音调，为她的美增添了更多韵味。

若说"爱"这个词不合适，那么用"喜欢"来形容我对这个表姐的感情则没有问题。从小我就喜欢远远地看着她。有一次，在她刺绣的时候，我在她旁边呆呆地坐了一个多小时，一直看着她。

姑姑们去了里屋，我就和澄子并排坐在客厅的椅子上，谁也不说话。送行时车站里杂乱的脚步声依然在我们的脑海中回响。我疲惫极了。

"啊，好累啊。"

她微微打了个哈欠。白皙的手指并拢放在嘴边，就像念咒语一样，轻轻地敲了几下嘴唇，一脸倦容。

"你不累吗？公威。"

这时，澄子突然抬起手来用两边袖口捂着脸，埋下头去，紧紧贴在我的腿上，慢慢地调整姿势，转了一下头。因为被人当成枕头的光荣，我的制服裤子激动地颤抖起来。她身上的香水和脂粉味让我感到非常紧张。她疲惫地趴在我的腿上，瞪着清澈的眼睛，一动不动的侧脸让我不知所措。

那是唯一的一次。但是，当时曾短暂地压在我腿上的那种奢侈的分量，让我一直难以忘怀。不是肉体的欲望，而仅仅是一种无比奢侈的喜悦，恰如勋章对于人的意义。

往返学校的公交车上，我经常遇见一个贫血气质的大小姐。她的冰冷吸引了我的注意。她总是一副百无聊赖的模样，怏怏地看着窗外。我每次都看到她微微噘起有些僵硬的嘴唇。若是在车上看不到她的身影，我就总觉得好像缺了些什么。不知从何时起，我便开始寻着她上下公交车了。难道我爱上了她？我这样问自己。

我不知道。我完全不清楚，恋爱和性欲究竟有什么关系。当然，当时的我还没有想到用"恋爱"这个词来解释近江带给我的魔鬼般的诱惑。对公交车上见到的少女产生朦胧的情愫，便开始怀疑那是恋爱。然而，那个年轻粗蛮的光头公交车司机也同时吸引着我。无知没有迫使我解释清楚这种矛盾。当我目不转睛地盯着年轻司机的侧脸时，我的视线是自然而然难以避免的，是压抑且痛苦的，是沉重的。而我偶尔瞥向贫血气质的大小姐时，我的视线却是矫揉造作的，是具有人工色彩的，是容易陷入疲劳的。我不清楚这两种眼神的关系。这两种视线在我心里若无其事地同居，毫不在意地生活在一起。

作为这个年纪的少年，我显得过于缺乏"洁癖"的特质，或者说，显得缺乏"精神"的才能。究其原因，可以说是因为我的好奇心过于强烈，自然没有把我引向对伦理的关注。这种解释或许也能说得通。然而，我的好奇心又像一个常年患有瘤疾的病人对外界绝望的憧憬，整体上与一种对不可能的确信密切结合在一起。这种几乎出于无意识的确信，这种几乎出于无意识的绝望，让我的希望变得如奢望一般鲜活。

小小年纪，我却不懂得在心中培养明确的柏拉图式观念。这是不幸吗？世间一般的不幸对我来说，究竟拥有怎样的意义呢？隐隐约约对肉体欲望感到的不安，或许仅仅让肉体成了我的执念。我熟练地让自己相信，我这种与知识欲并无太大径庭的纯粹精神上的好奇心"才是肉体的欲望"，到最后我甚至熟练地掌握了一种欺骗的技巧，让自己相信自己真的有一颗淫荡之心。于是，这竟让我学会了装模作样，故作成熟且精通男女之事，表现出一副早已厌倦女人的神情。

于是，接吻成了我的执念。现在的我当然可以说，接吻这一行为的表象，对于我来说，其实不过是某种精神寄托的表象。但是，当时的我却误以为这种欲求就是肉体欲望，所以才会做了那么多内心的伪装，并因此备受煎熬。伪装成所谓自然本真的无意识，让我产生了一种极度的不自信。而这种不自信又如此不停地煽动我有意识地进行表演。但是，反过来想一下，人究竟能否如此彻底地背叛自己的天性呢？哪怕仅仅是一瞬间。

如此想来，追求己所不欲这种不可思议的内心机制，不就没有办法解释了吗？理性之人不求己之所欲。如果说我正好是他们的反面，那么也就说明我的心里原本就抱有一种非理性的愿望吧。可是，这个愿望也过于细致了。我有没有彻底伪装自己，彻头彻尾地成为因袭的俘虏呢？对于这一点的思考，成为我以后的人生中无法逃避的重要任务。

战争开始后，伪善的禁欲主义风靡全国。高中也不例外。我们刚上初中的时候，曾经梦想到了高中"留长发"，可等到上了高中，却发现这个梦想暂时不可能再实现。穿漂亮袜子的流行也成了过去式。军事训练的时间越来越多，校方策划了很多愚蠢的破旧立新。

但是，我校向来擅长搞一些表面的形式主义，所以我在学校生活中也并未感到太多束缚。驻校的军官大佐通情达理，为人随和。旧特务曹长N准尉说话带有口音，"S""Z"不分，被大家叫成"吱吱特"。他的同事"傻大特"和长着扁平狮子鼻的"狮鼻特"也都深谙校风，做事妥当周全。校长是一个性格女性化的老海军大将，仗着宫内省给自己撑腰，用一种不温不火、不得罪人的渐进主义政策保全了自己的地位。

这段时间里，我学会了抽烟和喝酒。但无论抽烟还是喝酒，都只是学学样子罢了。战争让我们意外学会了一种感伤的成长方式。那就是在思考人生的时候，只截取二十多岁之前的部分，以后的人生完全不去思考。在我们看来，人生格外轻松。若把人生比作咸水湖，那就像是到了二十多岁的时候，这个咸水湖的盐分猛然增多，更容易让人浮起来了。只要谢幕的时间没有延长，那么我演给自己看的假面剧就能迅速向前推进。但我人生的旅程始终没有开始。心里总想着明天就出发，然而明日复明日，始终没有任何将要出发的迹象。或许，这个时期才是我人生中唯一一段快乐的时光吧。心中虽有不安，却只是一种隐隐约约的不安。心中依然怀着希望，还能在未知的蓝天下憧憬美好的明天。对旅途的空想，对冒险的梦想，长大后的样子，还有未曾谋面的美丽新娘，对名声的期待……这些东西，就像出门旅行时要带的旅行指南、毛巾、牙刷牙膏、用以替换的衬衣和袜子、领带、香皂之类的东西，整整齐齐地给塞进旅行箱里。在这一时期，对于我来说，就连战争都能带给我发自内心的喜悦。我曾一度真的相信自己即便中弹也不会感到疼痛，这种过剩的幻想在这一时期依然没有消退。我对自己死亡的预想甚至为我带来一种未知的喜悦，让我为之颤抖。我感觉自己拥有所有的一切。或许真的如此吧。因为只有在出发前为旅途的准备而忙得不可开交的时候，我们才完完全全地拥有旅途。待准备结束后，剩下唯一要做的，就是去摧毁这种拥有了。旅途就是如此，它是一种完全没有意义的徒劳。

于是，我对接吻的执念固定在一个人的嘴唇上。或许，我的动机仅仅是因为这可以让我的空想显得有些根据。前面我也说过，我并没有什么欲望，却偏要试图相信自己的这种行为就是一种欲望。也就是说，我心中有一种不合理的欲望，那就是千方百计地试图让自己相信自己的行为就是一种欲望，而我自己却把这种不合理的欲望当成了真正的欲望。我把自己不可能实现的自我否定的强烈欲望，错误地当成了世人的性欲，也就是他们在自我肯定的自然状态下涌出的那种天然的欲望。

当时，我有一个话不投机却关系亲密的朋友。他是我的同学，叫作额田，为人轻薄。他之所以跟我交朋友，好像是因为见我心机不深，容易交往，方便讨教一些初级德语的问题。我做任何事情，都是在开始时非常起劲，因此老师和同学们都觉得我初级德语学得很好。也许额田已经通过直觉看出来，被人贴上"优等生"标签（就像神学生一样的存在）的我内心多么讨厌优等生这个标签（虽说如此，可在此外，我也找不到其他可以保障自己安全的标签），又多么向往"恶名"。在他的友情里，有一种东西戳中了我的弱点。这是因为，额田这个男生招来了怀着强烈嫉妒的铁血硬汉的仇恨，从他身上若有若无地传来女人世界的声音，就像灵媒师的灵界通信一般。

第一个把我和女人的世界连接起来的灵媒师是近江。但当时的我很大程度上还是我自己，所以我把近江的这种灵媒师特性当成了他的一种美，对此感到心满意足。然而，额田作为灵媒发挥的作用，却形成了我好奇心的超自然框架。这其中的一个原因，或许是因为额田一点都不美。

"一个人的嘴唇"中的"那个人"是他的姐姐。我去他家玩的时候遇见了她。

这个二十四岁的美人自然把我当成了小孩子。通过对她身边的那些男人的观察，我逐渐发现自己身上没有一点能够吸引女人的特征。这也就意味着我不可能变成近江，反过来说，这也让我明白了一个事实：我希望变成近江，其实是出于对他的爱。

即便如此，我还是相信自己爱上了额田的姐姐。就像青涩纯情的同龄高中男生，我在她家周围徘徊，或者跑到她家附近的书店里一直等上大半天，等着她从书店门前经过，又或者抱着枕头想象拥她入怀的感觉，或者一遍遍地画她的嘴唇，又或者不管不顾地自问自答。结果如何呢？这种人工性的努力让我内心变得疲惫不堪。我不停地告诉自己，我爱她。而我内心当中真实的那一部分意识到这种不自然，便以一种恶意的疲劳进行抵抗。这种精神上的疲劳仿佛有一种可怕的毒。我的心不停地进行这种人工性的努力，刚要歇息的时候，一种强烈的无聊感就会袭上心头，令我顿时兴致寡然，浑身僵硬。为了摆脱这种无聊感，我又会厚着脸皮开始另一段空想。然后，我就能立刻活泼起来，变回我自己，朝着异常的心象燃起激情。而且，这个火焰抽象化，留在心底，事后做一个牵强附会的注释，让我以为这种激情原本就是为她燃起的。——就这样，我又一次欺骗了自己。

如果有人批评我到此为止的叙述过于概念化而不够抽象，那么我只能回答：我无意絮絮叨叨地描写正常人青春期的肖像和别人完全不懂的表象。除去羞耻感，我的内心深处和同一时期的正常人并无二致。我和他们完全一样。一个不到二十岁的青年学生，好奇心和大家一样，对人生的欲望也和大家一样。但或许因为过于喜欢自省，而常常陷入沉思，一说话就害羞脸红，对自己的长相没有自信，认为自己长得不讨女生喜欢，整天只知道啃书本，成绩相对不错。大家只要这样想象一下就可以了。然后，你们可以想象他如何为情而困，又是如何抑郁苦闷的。或许，没有比这更简单、更没有吸引力的想象了。若是把这种想象原原本本地写下来，那才无聊至极。于是，我自然也就省掉了这种无聊的描写。一个性格内向的学生一点也不生动光彩的时期。这就是这一时期的我，与大家完全没什么两样，因为我已经对导演发誓会绝对忠诚于他。

在这期间，我对年长于自己的青年男子怀有的情愫，也一点点地转向比我年纪小的少年。这也是自然，因为就连比我年纪小的少年也都到了近江当年的年纪。虽说如此，但这种爱的推移，也包含着质的变化。虽然依然是深藏于内心的情感，但除了野蛮的爱之外，又多了一种温文尔雅的爱。随着年龄的自然增长，我的心中也开始萌生了另外一种爱的情感，像保护者的爱，像对少年的爱。

赫希菲尔德将性倒错者进行了分类。他将那种被成年同性吸引的人称为 androphils，而把那种喜欢同性的少年或介于青年和少年之间的人称为ephebophils。我逐渐开始理解ephebophils了。Ephebe指古代希腊的青年男子,意为十八岁到二十岁之间的壮丁。其词源来自宙斯和赫拉的女儿、长生不死的赫拉克勒斯的妻子赫柏。女神赫柏担任奥林匹斯诸神的斟酒官,是青春的象征。[1]

有一个刚升入高中的十八岁美少年。他肤色白皙,朱唇柔润,眉清目秀。我知道他叫八云。我的心嘉纳他的容貌。

对了,在他自己还一无所知的时候,我就从他那里收到了一种欢愉的馈赠。最高年级各班的班长轮流在朝礼上发号施令,每人负责一个星期。无论是早操,还是下午的操练(当时高中曾有这个环节。大家先一起做三十分钟左右海军体操,然后扛着铁锹去挖防空洞,或者去割草),都由班长轮流发号施令。隔了四个星期,又轮到我发号施令了。夏天到了,在早操和下午的操练时间,校风严格的学校可能也是迫于时代的风尚,命令学生脱掉上衣光着膀子做体操。朝礼的时候,班长站在号令台上,先宣布朝礼时间开始,然后下令"脱掉上衣!"。等所有人脱掉上衣,班长就从台上走下来,体操老师同时走上台。班长再朝同学们喊一声:"鞠躬!"然后跑回最后一排自己的班上,也脱掉上衣,和大家一起做体操。体操结束后,老师就会亲自指挥了,班长的任务到此结束。我

---

[1] 赫柏嫁给赫拉克勒斯后,美少年特洛伊王子伽倪墨得斯被宙斯劫到天上,成为宙斯的男性情人并接替赫柏成为众神的司酒。

非常害怕站在大家面前发号施令，每次想到都觉得毛骨悚然，可是像这种僵硬的军事化流程，对我来说却正中下怀。我开始有点期待轮到自己的那一个星期。这是因为，通过这样的流程，我可以近距离地看着八云，欣赏他半裸的上半身，而且不用担心他看到我瘦弱的身体。

八云一般会站在讲坛前面的第一排或第二排。这张像雅辛托斯[1]一样的脸庞很容易变红。他跑来参加朝礼，集合的时候气喘吁吁的模样，让我感到愉快。他总是喘着粗气，用力把扎在裤子里的衬衫下摆薅出来。我站在讲坛上上，若无其事地看着他脱光上衣，露出白皙嫩滑的肉体。我告诉自己不许看，却根本忍不住。有一次，一个同学无意间对我说："你喊口号的时候，怎么总耷拉着眼睛呢？你心脏真的那么不好吗？"我当时听了，浑身直冒冷汗。但是，这次也只是远观，而没有找到机会接近他那玫瑰色的半裸肉体。

有一次，高中部的全体学生去 M 市的海军机关学校学习一周。那天，上游泳课的时候，大家都跳进泳池开始游泳。我不会游泳，就以拉肚子为由，在泳池边旁观大家练习。但某大尉说，日光浴是包治百病的良药，让我们这些病号也脱掉上衣。这时我才发现，八云也在病号中间。他把两条白皙结实的

---

[1] 雅辛托斯(Hynacinth)，希腊神话中的美少年，阿波罗的同性爱人，在一次掷铁饼的游戏中被阿波罗误伤而死（传说为西风之神出于嫉妒，故意让阿波罗扔出的铁饼改变了方向）。

手臂抱在胸前，任由微风吹拂着有些晒黑的胸脯，紧紧地咬住下唇，露出洁白的门牙。过了一会儿，我们这些自称生病的旁观者找到泳池周围的树荫，在那里聚成一团。于是，我轻而易举地走到他的身边，目测他那柔韧的腰部的尺寸，看着他均匀起伏的小腹。这时，我想起了惠特曼的一句诗。

> 青年们仰浮在水面上，白色的肚皮朝着太阳，高高地隆起。[1]

但是，我也没有和他交谈。我为自己瘦骨嶙峋的胸部和纤弱无力的双臂感到羞耻。

* * *

昭和十九年[2]（也就是战争结束的前一年）九月，我高中毕

---

[1] 惠特曼(Walt Whitman, 1819—1892)，美国著名诗人，《草叶集》被认为是其最激进的代表作。这句诗出自其中最为重要的长诗《我自己的歌》(Song of Myself)第11节。而惠特曼本人也被认为有同性恋倾向，《草叶集》中有不少歌颂同性之爱的诗歌，如《傍晚时我听说》(When I Heard at the Close of the Day)、《我们两个少年紧紧地搂抱在一起》(We Two Boys Together Clinging)等。
[2] 昭和十九年，即公元1944年。昭和天皇在位期间(1926.12.25—1989.1.7)，史称昭和时代。——编注

业，离开了从小一直在那儿学习的那所学校，考进了一所大学。蛮横专制的父亲逼我选择了法律专业。不过，因为我当时坚信自己很快就会应征入伍，而且会战死疆场，我们全家也都会在空袭中与我一起死掉，所以也并没有因此感到太大的痛苦。

按照当时的惯例，我入学的时候，正赶上一个学长奉命出征。他离开时把校服借给了我。我答应他，等自己出征的时候，会把校服还到他家里。之后，我就穿上他的校服，开始了大学的生活。

我其实比任何人都害怕空袭，却又对死亡怀着一种甜蜜的期待，迫不及待地等待死亡的来临。前面我反复提到，未来对于我来说是一个沉重的负担。从一开始，人生就用义务观念把我束缚住了。明明知道我根本无法履行义务，人生却用不履行义务的理由对我横加指责和折磨。我觉得，如果自己用死亡迎接人生的攻击，或许它就会扑空，变得疲惫不堪。我在官能上对战争中流行的死亡教义产生了共鸣。我希望自己能够"光荣地牺牲在战场"（虽然这完全不符合我的形象），因为我觉得那才真的是具有讽刺意义的人生结局，我也一定可以含笑九泉。所以，一听到警报声响起，我就会第一个躲进防空洞里。

我听到一阵不太熟练的钢琴声。

当时,我在一个即将作为预备役军官入伍的朋友家。他姓草野,是我高中四年唯一一个偶尔交心的朋友。从这个意义上来说,我很在乎这个朋友。虽然朋友对于我来说可有可无,但我依然觉得自己的心太狠。因为我的内心迫使我写下的下面这段经历,很可能也会伤害这份唯一的友情。

"这钢琴弹得好吗?我怎么感觉断断续续的。"

"是我妹妹弹的。钢琴老师刚走,她正在自己练习。"

我们不再说话,继续倾听钢琴的声音。草野入伍的日子一天天临近。我想他听到的也许不仅仅是隔壁传来的钢琴声,而且还有他即将被迫远离的日常生活,其中有一种拙劣而不尽人意的美好。那钢琴声就像一块照着食谱做的甜点,虽然做得不好,却令人感到亲切和安心。我也不由得问道:

"她多大了?"

"十八岁。是我最大的妹妹。"草野回答。

那钢琴声越听越觉得其中包含着一个十八岁姑娘的浪漫梦想,有着她自己还没有意识到的美,指尖上还留着孩童的淳朴与天真。我希望她一直这样弹下去。我的愿望实现了。直到五年后的今天,我心里依然能听到她的钢琴声。我无数次告诉自己这只是一种错觉,理性无数次嘲笑我的这种错觉,懦弱无数次嘲笑我的自我欺骗。我成了钢琴声的俘虏。如果能消除"宿命"这个词本身的贬义,那么可以说这钢琴声就是我的"宿命"。

我记得"宿命"这个词。就在那之前不久，这个词曾带给我一种完全不同的奇妙感受。那是高中毕业典礼的当天。典礼结束后，我坐汽车跟着老海军大将去皇宫御前谢恩。在汽车里，这个眼角堆着眼屎的阴郁老头严肃地批评了我。他认为我不应该去应征当一个普通士兵，而应该申请预备役军官。他的理由是，像我这样的体格，根本不可能受得了普通士兵的军队生活。

"但我已做好思想准备了。"

"你什么都不懂，才会这么讲。不过话说回来，反正报名期都已经过了，现在也没有办法挽回了。哎！这就是你的德司缇泥[1]啊。"

他用明治时代的发音说出了"宿命"这个词的英文。

"什么？"

"德司缇泥啊。这也是你的德司缇泥。"

他表现出一脸漠不关心的样子，单调地重复道。但从其中明显可以看出老人特有的羞涩。他是唯恐别人觉得他婆婆妈妈，才故意表现出这种冷淡的样子。

在此之前，我肯定也在草野家见过这个弹钢琴的少女。

---

1 德司缇泥，英文 destiny 的音译。

与额田家完全不同，草野的家人更像严于律己的清教徒。他的三个妹妹每次看到我，都会拘谨地朝我笑一笑，然后马上就躲起来了。草野入伍离家的日子越来越近。我俩交替去对方家里玩，依依惜别。钢琴声让我在他妹妹面前变得拘谨。自从听到她的钢琴声，我就像知道了她的秘密，不敢直视她的眼睛，也不敢跟她说话了。偶尔遇到她端茶过来，我也只是低着头，看着她的双脚在我面前轻盈地走动。可能因为当时女人开始流行穿裤裙和裤子，很难再看到女人赤裸的脚，所以她美丽的双脚才让我感到激动。

读到这里，各位读者也许会认为她的双脚对我产生了性的吸引。其实并非如此。就像我反复提到的那样，我对异性的肉体没有任何主见。我一点也不想看异性的肉体，就是最好的证明。然而，我却要一本正经地思考自己对女人的爱。于是，那种可恶的疲劳又开始在我心中蔓延，试图阻止我的"认真思考"。这时，我又开始相信自己是一个能够战胜欲望的理性之人，并为此沾沾自喜，以为自己的感情之所以如此冷淡而且没有持续性，和厌倦了女人的男人常常朝三暮四是一个道理。我试图装老成的炫耀心理甚至也因此得到了满足。就像这样，我的心理活动逐渐形成了固定的程序，就像糖果店里的摇摇机，只要放进一枚硬币，糖果机就马上启动，把里面的糖果弹出来。

我曾经以为，即便没有任何肉体欲望，也能爱上女人。

这可能是人类历史上最愚蠢的企图。但我当时却没有认识到这种想法的愚蠢，企图当上爱情理论的哥白尼（请允许我使用如此夸张的说法，这也是我与生俱来的天性之一）。因此，我自然不知不觉地相信了柏拉图观念。这么说，好像与我前面的话存在矛盾，但我真的是彻头彻尾地相信了。也许我相信的，并不是这种观念的对象，而是纯粹性本身。我发誓效忠的对象，或许也是纯粹性本身吧。这是以后的问题了。

有时我看起来并不相信柏拉图观念，那是因为我的大脑和心拥有不同的走向。大脑更容易倾向于我缺乏的肉体欲望，而内心却为了满足自己故作老成的心理病而产生人工性的疲劳。换句话说，是因为我心存不安。

到了战争的最后一年。那年我二十一岁。新年伊始，我们大学就被动员前往 M 市附近的 N 飞机制造厂。八成学生当了制造工，剩下的两成身体病弱的学生则负责日常性事务。我是后者。虽说如此，但去年征兵检查时，我却通过了第二乙等预备役[1]的检查，随时可能收到即刻入伍的军令状。

这个制造厂位置偏僻，漫天黄沙，一片荒凉。从这个大型制造厂的一端走到另一端，需要约三十分钟。几千名工人

---

[1] 按照二战时日本军队的征兵制度，根据检查结果的优劣，分为甲等和乙等，其中乙等中立即入伍服役的为第一乙等，而第二乙等则为预备役。

在这个制造厂劳动。我也是其中一员。我是第4409号，临时工第953号。这家大型制造厂建立在一种不求回报的神秘巨额经费之上，献给庞大的虚无。所以，每天早晨，大家都会进行神秘的宣誓，这一点并非无缘无故。我从未见过如此奇怪的工厂。现代化的科学技术，现代化的经营方式，众多优秀头脑精密且合理的思维……所有以上这些的合力，仅为了献给一样东西，那就是"死亡"。这个大型工厂生产的是供特攻队使用的零式战斗机，就像一种阴暗邪恶的宗教，其本身在轰鸣，在呻吟，在哭喊，在怒号。若没有一种宗教式的狂热，这样庞大的机构就不可能运转。连工厂的领导借此中饱私囊，也是非常具有宗教性的。

不时响起的空袭警报，向人们宣告着这个邪恶宗教的黑弥撒时间。

每当警报声响起，办公室会喧闹起来。"啥子嘛"——有人在情急之下，连口音都带了出来。这间办公室没有无线广播。所长办公室里的女秘书过来传达急报：**敌机来了好几个编队！**大家顿时不知所措，这时扩音器里传来浑浊不清的声音，下令女生和小学生抓紧时间避难。救护人员拿着印有"某点某分止血"字样的红色号牌，挨个分发给大家。受伤后进行止血时，在上面写上时间挂在胸前。警报声刚刚响起不到十分钟，扩音器就会传来通知大家"全员避难"的声音。

秘书抱着放有许多重要文件的箱子，紧急前往地下的金库。大家放好东西,又争先恐后地跑回地面上,加入群众的队伍。群众头戴铁盔或防空头巾,跑着穿过广场,朝正门的方向奔流。正门外是一片平地,黄色的地面裸露着,到处一片荒凉。七八百米外有一个平缓的山坡,上面的松树林里,有很多防空洞。寡言、焦躁而盲目的群众分成两队,在扬起的沙尘中,焦急地跑向"非死亡"的地方。即便只是一个容易塌方的红土防空洞,那也是"不死"的希望。

一个星期日,那天我正好回家,夜里十一点收到了军队发来的召集令。那是一封电报,命我二月十五日入伍服役。

像我这样体弱的男生,在城市里有很多,可在祖籍地就很少见。我的祖籍在近畿地区的H县。父亲想到一个投机取巧的主意,那就是让我回祖籍地接受征兵检查。他以为这样就能显出我的体弱,不会被录用了。乡下的小伙子能随手拎起米袋,轻轻松松地举放十次,而我却连抱都抱不起来,当时被检查员嘲笑了一番。可是,结果我却仍然通过了第二乙种预备役的检查,现在又收到入伍通知,不得不跑到粗鄙野蛮的乡下部队服役。为此,母亲伤心落泪,父亲也情绪低落。收到入伍通知的时候,我也确实有点提不起精神,但因为我曾一直期待壮烈的死亡,也就觉得全都无所谓了。但是,我在工厂上班时染上了感冒,在火车上严重起来。那里虽然是我的祖籍,但自从祖父破产后,就已经没有我家的一分田产了。到了一个热心的熟人家，我开始发高烧，卧床不起。多亏这家人的悉心照顾，尤其是因为服用了大量退烧药，我才总算退了烧。他们把我送到军营前，我也好歹算是气宇轩昂地走进了军队的大门。

吃了药，暂时退了烧，但很快又烧了起来。入伍检查的时候，我像个受困的野兽赤身裸体地来回走动，期间打了好几个喷嚏。原本只是普通的咳嗽，半吊子军医却误诊为呼吸异常。而我随意瞎编的自述症状又让他进一步相信了自己的错误诊断。于是他又给我检查了一下血沉。感冒引发的高烧导致检查的结果显示血沉过高。医生诊断为肺浸润。于是，我收到了即日离队回家的通知。

走出军营，我飞快地跑了起来。冬季荒凉的山坡通往下面的村落。就像在飞机制造厂时一样，我迈开步子，焦急地跑向"非死亡"的世界，跑向"不死"的方向。

夜行列车上，我避开从玻璃窗的裂缝里钻进来的寒风，忍着高烧引起的恶寒和头痛，蜷缩在座位上。回哪儿呢？我问自己。因为父亲的优柔寡断，我家至今没有离开东京去外地避难。一家人每天生活在死亡的恐惧中。回东京的家吗？回到笼罩着死亡恐惧与不安的那个城市？回到那里的群众中间，和他们一样瞪着像家畜一样的眼睛互相看着对方，战战兢兢地向对方确认自己的安全？还是回到飞机制造厂的宿舍，与那些得了肺病的大学生一样,一副听天由命的样子,聚在一起?

随着火车的摇晃,靠背上的木板慢慢变得松弛,发出嘎吱嘎吱的响声。我闭上眼睛,想象着自己刚好在家时全家人死于空袭的情景。这种想象让我产生了一种难以名状的嫌恶。没有什么比日常与死亡的关联更会让我产生一种不可思议的嫌恶。就连小猫都不愿被人看见自己的死相,所以它们临死时都会找个地方藏起来呀!看到家人悲惨的死相或被家人看到自己的死相,是我所不愿意的。哪怕想象一下,都感觉胃里的东西直往上涌,差点呕吐出来。一家人同时面临死亡的时候,直面死亡的父母和儿女看着对方,对视的眼神中流露出对死亡的共鸣。想到这一点,我就觉得这场景与其乐融融的团圆场景没有什么区别,不过是一件劣质的复制品罢了。我希望自己能在很多陌生人之间壮烈死亡。这与埃阿斯[1]希望死在太阳和灿烂的天空下的希腊式情感也不一样。我追求的是一种天然自然的自杀。我希望自己像一只狡智不足的狐狸,在山中无忧无虑地漫步时,因为无知而被猎人射杀。这才是我期待的死亡方式。

若是如此,军队不正是一个理想的选择吗?我对军队的

---

[1] 埃阿斯(Ajax),指大埃阿斯,希腊神话中人物,特洛伊战争中希腊军的英雄,被女神雅典娜施魔法蒙蔽了双眼,误把羊群当成敌军杀戮,清醒后悔恨不已,在苍天白日之下自刎身亡。

期待，不就是这一点吗？可是，我为什么会那么拼命地向军医说谎？为什么要说自己已持续低烧近半年，说自己腰酸背痛没有劲儿，说自己吐血痰，说自己昨天晚上还盗汗把被褥弄得湿漉漉的（当然会盗汗，因为吃了阿司匹林嘛）？为什么我收到即刻离队的通知时，感觉到一种发自内心的微笑，并拼命地掩饰浮现在脸上的微笑？为什么我走出军营大门时会一路狂奔？我的希望难道不是就此落空了吗？然而，我并未因此失魂落魄、步履蹒跚，这到底是怎么回事？

我非常清楚，前方并没有太多"生"的希望，足以让我逃脱军队所意味的死亡。正因如此，我越发不明白，究竟是一种什么样的力量，驱使我如此飞快地跑出军队的大门。难道我还是想要活下去的？而且这是出于一种极其隐蔽的无意识，就像气喘吁吁地跑进防空洞的瞬间？

这时，我心中的另一个声音突然告诉我，我根本没有想过去死。这句话揭开了我的遮羞布。我领会到一个难以启齿的事实，那就是：我以为自己对军队的期待仅仅是死亡，不过是自欺欺人。我对军队生活的期待，其实是对肉体的期待。而能够让我坚持这个期待的力量，其实和所有人一样，是一种原始巫术般的确信，即相信只有自己不会死亡。

但是，我并不喜欢这个想法。我更倾向于认为自己是被"死亡"抛弃的人。我喜欢像外科医生处理手术中的内脏一样，高度集中精神，冷冷地凝视求死之人被死亡拒绝时的奇妙痛苦。这种精神上的快感，甚至已经到了邪恶的程度。

大学当局与N飞机制造厂发生了意见上的分歧而起了冲突，于二月底撤回了所有学生并制定了新的安排：三月份上课，四月初动员学生到另外一家工厂做工。二月底，近一千架飞机对东京发动了空袭。所以，三月份的上课计划也就有名无实了。

因此可以说这相当于学校给我们放了一个月长假。但战火中的这个长假，就像一筒潮湿的烟花，根本派不上用场。但是，比起一块马上可以拿来充饥的干面包，这筒潮湿的烟花更令我开心。因为，这件愚蠢的礼物，才更像大学的馈赠。——在这样的时代，仅仅"无用"这一点，就是最好的馈赠。

我感冒痊愈后过了几天，草野的母亲打来电话。她说驻扎于M市附近的草野所在的部队三月十日首次允许家属到军中慰问，问我要不要跟她一起去。

我答应了，不久就去了草野家一趟，商量具体安排。从傍晚到八点这段时间，在当时被认为是最安全的时间段。草野一家刚刚吃完晚饭。他的父亲已经去世了。母亲和他的三个妹妹围坐在被炉前，把我也招呼到那里。他母亲向我介绍了那个弹钢琴的少女。她叫园子，和著名钢琴家I夫人同名，所以我对她说以前听过她弹琴，开了个刻薄的玩笑。在遮光电灯昏暗的灯光下，十九岁的她满脸通红，没有说话。她那天穿着一件红色的皮草外套。

三月九日早晨，我来到草野家附近的一个车站，在通道里等着他们一家。当时政府强制要求居民转移，铁轨对面的一排排商店正在被拆毁。它们嘎吱嘎吱地发出清脆的响声，划破了早春清冽的空气。从房子的裂缝中，偶尔能看到耀眼的崭新木纹。

早晨依然很冷。已经好几天没听到空袭警报了。在此期间，空气变得越来越清澈透明，像一张纤薄美丽的网，现在已经呈现出即将破裂的征兆。就像一根紧绷的琴弦，弹一下就能发出嘹亮的声响。或者说，在这即将转换为音乐的寂静中，孕育着富饶的虚无。就连洒在空荡荡的月台上的那片清冷的阳光，也好像已经预感到即将响起的音乐，颤抖起来。

这时，一个穿着蓝色外套的少女从对面的台阶走下来。她小心护着年幼的妹妹，牵着她的手，一个台阶一个台阶地往下走。十五六岁的大妹妹，忍受不了这么慢的速度，却也不快步走下来，而是故意在行人稀少的台阶上走着Z字形，缓缓地走下来。

园子好像还没有看见我。但我从这边能清楚地看到她。有生以来，我从未像现在这样被女人的美丽打动。我的心怦怦直跳，内心变得清醇。看到这里，想必从前面读过来的各位读者也不会相信。这是因为，没有什么可以区分我对额田姐姐的那种人工性的单恋和这次内心的悸动。当时我的分析斩钉截铁，没有理由在这里就含糊其词。如果这样，则书写这一行为压根儿就是徒尔了。你们会认为，我写下这些东西，不过是因为我想要这样写而已。我只要自圆其说就没有问题。但是，我记忆中准确的那一部分，却告诉我这次的我和之前的我有一点不同。是悔恨。

马上就要走下台阶的时候，园子看见了我。冻得通红的脸上露出了笑容。她耷拉着上眼皮，黑眼球显得更大，一脸睡眼惺忪的样子。看到我的时候，她的眼睛突然有了神采，好像想要跟我说什么。她把小妹妹交给十五六岁的大妹妹，沿着通道朝我跑了过来。优雅的身段就像一束摇曳的阳光。

我看到了朝我飞来的第一束晨光。她不是我少年时代想象的那种仅具肉体属性的女人。如果是那样，我只需怀着虚假的期待迎接她就好了。但是，棘手的是，直觉让我唯独从园子的身上发现了一种别样的情感。那是一种虔敬。我觉得自己根本配不上她。但这也不是自惭形秽。我看到园子离我越来越近，心中产生了一种难以忍受的悲伤。这是一种从未有过的感觉，是一种彻底动摇我的存在根基的悲伤。以前，我看女人的眼光中，夹杂着孩子般的好奇和伪装的肉欲。我从未像现在这样，只因惊鸿一瞥，就陷入了彻骨的悲伤。这种悲伤没有办法解释，而且也绝非我伪装的一部分。我认识到这是悔恨。犯了错才会悔恨，可是我又犯了什么错呢？虽然违反逻辑，但或许有一种先行于罪恶的悔恨吧。也有可能是对自己存在本身的悔恨？是她的样子唤醒了我的这种悔恨？抑或仅仅是一种犯罪的预感。

园子已经无可挽回地站到了我面前。她微微鞠了一躬，见我一脸茫然，又深深地鞠了下去。

"您等了很久吧。家母和祖母（她感觉到语法奇怪，脸变得通红）还没有准备好，还要过一会儿才到。稍等一下……（然后她又毕恭毕敬地更正）请您稍等一下。如果她们还不来，咱们就先一起去U站。"

她用不习惯的敬语说了这些话，又直起身子深吸了一口气。她个子比较高，大概到我的额头。上体身材匀称优雅，双腿修长美丽。不施粉黛的圆圆的娃娃脸，如实反映了一颗不懂修饰的纯洁灵魂。唇稍微有点皲裂，反而显得更加娇艳。

然后我们开始没有意义的闲聊，打发无聊的等车时间。我尽量装作轻松愉快的样子，拼命地表现出一个睿智青年的形象。然而，我讨厌这样的我自己。

已经开走了好几辆电车。它们开进车站，在我们前面停下来，又哐当哐当地发出沉闷的声音开出去。在这个车站下车的乘客不太多。只是，每当这个时候，落在我们身上的舒适暖阳就会被车体挡住。但是，每次电车开走后，和煦的阳光重新照在脸上，那种暖暖的感觉让我感到恐惧。头上迎着丰沛的阳光，心如止水，无欲无求。这样的状态，让我感觉一定是不祥的预兆，比如几分钟后突发空袭，我们瞬间被炸死。我感觉我们不配享受哪怕片刻的幸福。而从另一个方面来说，则是我们染上了一种恶习，总把片刻的幸福都当成上天的恩宠。我和园子寡言少语的这段相处，让我产生的就是这种感觉。园子的感觉一定也是如此。

我们等来等去，园子的母亲和祖母都没有来。已经开走了好几趟车。于是我们决定先上了车，去了U站。

在U站熙熙攘攘的人群里，一个叫大庭的人叫住了我们。他的儿子和草野在一个部队服役，今天也去军营探望儿子。这个中年银行家今天依然坚持戴着礼帽，西装革履。他带着女儿。园子也认识他的女儿。和园子相比，她一点都不漂亮。我莫名为此感到开心。这是一种什么样的心理呢？园子的双手亲昵地拉住她的双手，交叉摆动。从这天真的雀跃也可以看出，园子身上有一种安详的宽容，而这份宽容是美丽的特权。也正是这一点发现，让我觉得她看起来比实际年龄更成熟一些。

火车里乘客很少。我和园子找到一个靠窗的位置，装作碰巧挨在一起的样子，面对面坐了下来。

算上保姆，大庭那边一共三人。我们总共六人，终于到齐了。如果大家一起坐横排的位置，只能坐八个人，另外一个人就要坐到别的位置。

我暗自盘算了一下。园子也大概这样盘算了一下。我们俩面对面，一屁股坐下来，互相看着对方，调皮地笑了笑。

盘算中存在的困难默许了我俩这个小小离岛的存在。园子的祖母和母亲出于礼貌，不得不和大庭父女面对面坐在一起。园子的小妹妹也有自己的主意。她迅速在母亲附近选了一个靠窗的位置，这样既能看到母亲，又不耽误欣赏窗外的风景。她的小姐姐坐到她旁边。这个座位简直成了两个小大人的运动场，大庭家的保姆在一旁负责照管她们。破旧的座位靠背隔开了我俩和另外七个人。

火车还没开动，大庭就打开了话匣子，成为一行人的中心。这个像女人一样爱说话的中年男人，发出低沉的声音。除了随口附和，从来不给别人留下任何搭腔的机会。草野家最爱说话的人是心态年轻的祖母。可是，透过靠背的感觉，我发现连她也只能无可奈何地干坐在那里。草野的祖母和母亲都只能"嗯嗯啊啊"地附和，关键处还要礼貌地赔笑一番。大庭的女儿则一言不发。过了一会儿，火车开了起来。

火车开出车站后，阳光透过脏兮兮的玻璃窗，照到凹凸不平的窗棂上，洒在园子和我大衣覆盖的膝盖上。我俩都沉默不语，集中注意力听着旁边的话匣子口若悬河。她的嘴角偶尔泛起一丝微笑，这种微笑会立即传染给我。每当这个时候，我们便会对视一下。这时，园子的眼睛又变得神采奕奕。她躲开我的视线，摆出一副调皮的模样，肆无忌惮地竖起耳朵，倾听隔壁传来的声音。

"我希望自己死的时候是这身打扮。如果死的时候穿着国民服[1]，小腿裹着裹脚布，我可是要死不瞑目的呀。我也不让女儿穿裤子。起码死的时候，像个女人的样子，是咱为人父母该做的呀，您说是不是呀？"

"嗯，嗯。"

"对了，话说回来啊，您家要是准备转移，行李什么的，交给我保管就行了。您家也没个男劳力，一定有很多不方便。要是需要帮忙，您尽管开口，千万不要客气的呀。"

"那真是太谢谢您了。"

"我买下了T温泉的仓库。我们银行员工的家当行李也都放那边去了。钢琴啊什么的，都能放得下。"

"那真是太谢谢您了。"

"对了，我听说啊，您儿子那个连队的队长人挺好，真幸运呢。我儿子那边的队长可不行。家属探望时，不都会带些吃的过去吗？连那些东西他都要抢了吃。这样强取豪夺，和他们在大海对面干的勾当简直没什么两样。我听说啊，每次探望日的第二天，队长都会撑得胃痉挛。"

"呵呵呵。"

---

1 1940年，日本政府发布《国民服令》，作为战争动员的一环，规定国民统一着装，其款式类似日本旧陆军军服。

园子拼命地忍住笑，慌忙从书包里拿出一本文库本。我稍微有些不开心。而且，我也想知道那本书的书名。

"这是什么书？"

她笑着拿起打开的书本，像扇子一样挡住自己的脸，让我看到了封面。上面写着"水妖记"（又名涡堤孩）[1]。

背后的座位上好像有人站了起来。是园子的母亲。她站起身，一方面是为了制止小女儿在座位上上蹿下跳，另一方面好像也是为了逃离不停唠叨的大庭先生，但好像又不仅仅如此。她把不停闹腾的小女孩和她乖巧可爱的小姐姐带到我们旁边，说道：

"你们俩帮忙看一下这俩小淘气。"

园子的母亲是个端庄优雅的女人。她的微笑为她温柔的话语增添了几分神采，偶尔显得有些悲伤。她的微笑也让人感觉像是有些担心。她离开后，我和园子又对视了一眼。我拿出记事本，撕下来一张纸，这样写道：

"你妈提防着咱们呢。"

"什么？"

园子侧着脸，伸过头来。我闻到一股头发的味道，那是

---

[1] 中文又译为《水妖的烦恼》，出版于1811年，德国作家莫特·福凯（Motte Fouqué，1777—1843）的童话作品，被徐志摩誉为"十九世纪浪漫派最后也是最纯粹的作者"。1938年出版的日文译本（译者为柴田治三郎）译为《水妖记》，副标题为音译"涡堤孩"。

孩子特有的味道。看到纸上的字，她的脸腾地红到了脖子根，慌忙低下了头。

"对吧？"

"这，我……"

我们再次四目相对，通过视线的交流达成了共识。我也感觉自己的脸热辣辣的。

"姐姐，那是啥？"

小妹妹伸手要拿，园子慌忙把纸片藏了起来。这时，大妹妹板起脸来，端着姐姐的架子，夸张地责备小妹妹。看来，她已经大体明白了其中的原委。

有了这个机会，我和园子反而更方便聊天了。她说起学校的事、正在读的几本小说，还有哥哥的事等等，而我也总是能接过话题，然后引向一般性讨论。这是诱惑术的第一步。两个妹妹见我们聊得太起劲，完全把她们抛到了一边，又回了原来的座位。然后，她们的母亲又一脸尴尬地笑着，把这两个不中用的眼线送回我们旁边。

草野所在的部队在 M 市的郊外。那天晚上，我们一行人住进了 M 市的一家宾馆。入住时早已过了熄灯的时间。大庭和我分到同一个房间。

房间里只剩下我们两个人后，这个银行家就开始无所顾忌地宣扬他的反战观点。当时已经是昭和二十年（1945年）

的春天，反战论已经占据了主流，到处都能听到反战论，耳朵早已听出了茧子。他说他有一个融资客户，是一家大型陶器公司。那家公司正在大规模生产家用陶瓷器，名义上是为了补充普通家庭战时损耗的生活必需品，实际上则是看准了战争即将结束和即将到来的和平，想借此大赚一笔。他还说，现在政府已经向苏联求和了。他就像这样，一直贴在我耳边小声絮絮叨叨，让我实在受不了。我还有自己的事，要一个人静下心来好好想想的。他摘掉眼镜，有些臃肿的脸庞淹没在熄灭的油灯周围的阴影中，几声天真的叹息缓缓地滑过被子后，他很快就打起了鼾。我躺在被窝里，崭新的枕巾有些扎脸，刺痛了火辣辣的脸颊。我陷入了思考。

我终于可以一个人安静一会儿了。这时，一直以来威胁我的阴暗的焦虑，和今天早晨看到园子时产生的那种动摇存在根基的悲伤，再次涌上心头。它开始揭开我的伪装，分析自己今天说过的每一句话，做过的每一个动作。我选择这样做，是因为将一件事断定为伪装，比猜疑一切都是伪装却迟迟不敢断定，会让我感觉更好受一些。于是，我拼命地揭露自己的伪装，这种做法在不知不觉间已经成为我消除焦虑、让自己心平气和的一种手段。我对人类的根本性条件和人心确定无疑的机制，始终怀有一种根深蒂固的不安。在这种情况下，这种不安也仅仅将我的内省引向一个没有结果的恶性循环。别的青年是怎样的感觉？正常人是怎样的感觉？这种强迫观念不停地促使我内省，令我以为切实得到的一点小确幸也在瞬间分崩离析。

前面所说的表演现在已经化为我组织的一部分。那已经不是表演了。我伪装成正常人的意识已经腐蚀了自己原本正常的部分。每次我都告诉自己，那不过是一种伪装的正常。反过来说，我可能已经慢慢变成了一个只相信伪装的人。这样一来，我把自己心理上对园子的亲近也当成了一种彻头彻尾的赝品。这种情感，实际上或许也只是我想要视为真爱的欲望戴上假面体现出来。这样一来，或许我已经变成了一个连自我否定都无法做到的人。

我这样想着，终于迷迷糊糊地快睡着了。就在这时，一个不祥却又有些诱人的低吼声划破夜晚的空气，传了过来。

"空袭警报吧？"

银行家的警觉让我感到吃惊。

"这……"

我含糊其词。微弱的警报声持续了很长时间。

第二天，家属探望的规定时间非常早，我们六点就起了床。

"昨天响空袭警报了吧？"

"没听到啊。"

早晨起来，大家在洗漱间洗漱时，提到了这件事。园子一本正经地否定。回到房间后，这成了两个妹妹用来取笑园子的绝佳材料。

"只有姐姐没听到。好奇怪。"

小妹妹接过话茬，说道：

"连我都醒了呢。然后啊，我听到姐姐在打鼾，好大好大的呼噜声哦。"

"对对对，我也听到啦。呼噜声真的太大了，把警报声都给掩盖了。"

"你就瞎说吧，有什么证据？"——因为是当着我的面，园子红着脸吓唬两个妹妹：

"再胡说八道，我可不饶你。"

我只有一个妹妹，从小就羡慕那种有很多姊妹的热闹家庭。在我眼中，姐妹间这种半开玩笑似的拌嘴，叽叽喳喳的吵闹，是最鲜明而真实的凡世间的幸福影像。这又唤醒了我的痛苦。

进入三月份之后，昨夜的警报还是首次。大概是因为这个缘故，早晨吃饭的时候，大家谈的全是这个话题。大家都说，都是一些提醒大家注意戒备的警报，空袭警报一直没响过，并因此得出了应该没什么大碍的结论，以此来寻求自我安慰。无论是哪种警报，我都无所谓。如果趁现在我不在家，家里的房子全被烧光，父母和妹妹们全都丧命，一了百了倒也干净。我不觉得这种空想特别冷酷无情。这是因为，那时人们能想到的所有事情，每天都在发生，这反而让我们的想象力变得贫乏。我只是选择了更容易想象的那种而已。因为银座高级商店门口一排排的洋酒瓶，还有那里的空中闪烁的霓虹灯，对我来说都过于虚无缥缈，难以产生具体的影像，而家人才是我生活的日常，家破人亡的场景更容易想象。没有抵触的想象力，无论披着多么冷酷的外衣，都不代表内心的冷酷无情。它不过体现了一种敷衍了事的怠惰精神。

　　昨天晚上一个人静下来的时候，我简直像个悲剧演员，而从宾馆离开后，我就装出轻薄的绅士模样，要主动帮园子拿行李，而且还要在大家面前特意营造一种效果。如此一来，她的客套便被阐释为忌讳祖母或母亲的视线，而不是对我的客套。这种阐释也欺骗了她自己，让她明确意识到自己和我过于亲密，以至于要避讳祖母和母亲的眼光了。我的小把戏见效了。她把包递给我，好像为了解释什么似的，一直跟在我的旁边。我们中间有一个和园子年纪差不多的女孩，但她却不和那个朋友交谈，只顾和我说话。我看着她，有时会感觉不可思议。初春夹杂着尘埃的煦风，吹散了园子凄美纯洁的娇声。我抬了一下肩膀，掂了掂她提包的重量。我的内心深处一直盘踞着一种情感，就像是通缉犯的负疚感，而这份重量恰到好处，正好可为我心中的这种负疚感辩护。——刚到郊外，园子的祖母就首先叫了起来。银行家回到车站，不知用了什么巧妙的手段，很快就为大家租来了两辆汽车。

"嗨,好久不见。"

我握着草野的手。他手上的皮肤就像小龙虾的皮一样粗糙,让我吓了一跳。

"你的手……这是怎么啦?"

"哈哈,吓了一跳吧?"

他身上已经显示出新兵特有的颓丧。他把双手并拢伸到我面前。褶皱、皴裂和冻疮被油污粘在一起,就像虾的甲壳,惨不忍睹。而且,他的双手冰冷,手心湿漉漉的。

这只手对我的威胁,就是现实本身对我的威胁。它让我感觉到一种本能的恐惧。令我感到恐惧的,是它毫不留情地揭发并追诉的某种东西。我担心自己只有在它面前无法进行任何伪装。想到这里,我又马上找出了园子这一存在的意义。她是我柔弱的良心抵抗这只手的唯一铠甲或铁衣。所以,我觉得我必须爱她。这成为一种盘踞在我内心更深处的应然[1],比那种负疚感更顽固地扎根于我的心中。

草野对此一无所知。他天真地开玩笑道:

"洗澡都不用搓澡巾了,用手搓一下就行。"

她的母亲轻轻地叹了一口气。我感觉到自己在这里只是

---

[1] 应然,哲学术语 Sollen,与"存在"(Sein,或称实然)是一对相对的概念。存在是指现实中客观存在的现象,而应然则是作为规范要求被实现的事项。

一个不知廉耻的多余之人。园子突然抬头看了我一眼。我慌忙低下了头。因为我突然有一种奇怪的感觉,觉得自己必须向她道歉。

"咱们出去吧。"

他有点不好意思地用力推了一下祖母和母亲。外面北风呼啸。军营大院枯萎的草坪上,各家围成一圈坐下来,把带来的美食摆在地上,各自招待自家的预备军官。遗憾的是,无论怎么看,我也不觉得那是一道美丽的风景。

一会儿,草野也和大家一样,盘着腿坐在家人中间,一边津津有味地吃着饼干,一边转了一下眼睛,眼神指向东京那边的天空。隔着枯萎的草原,可以从这片丘陵地带看到M市所在的盆地。更远处低矮的山峰层层叠叠。山峰的缝隙中露出东京的天空。早春的凉云投下一片稀薄的阴影。

"昨天晚上,那边一片通红,真是太可怕了。你家不知道怎么样,没准儿都给炸没了。整片天空都变得通红,说明这次空袭的规模绝无仅有。"

草野一个人激动地大声说着。他说希望祖母和母亲能赶紧转移,不然自己每天晚上都睡不好觉。

"知道了。我们会尽快转移的。奶奶答应你。"

祖母拍着胸脯向他保证,然后从和服腰带里取出一个小小的记事本和一支牙签大小的雅银色自动铅笔,认认真真地记了下来。

回程的电车中弥漫着忧伤,气氛异常沉闷。大庭先生在车站与我们汇合,这回也好像变了一个人似的,一路都没有说话。他们都成了"骨肉亲情"的俘虏,陷入无尽的感伤,仿佛原本隐藏在内心深处的感情被揭露出来,如针扎一般疼痛。或许他们都认为,既然家人难得见面,就必须互相袒露心扉。他们见了自己的儿子、孙子或兄弟,结果却发现互相袒露的心扉不过是在炫耀没有意义的流血,除此之外则一无所获。那只惨不忍睹的手也一直浮现在我的脑海中,挥之不去。城市里华灯初上的时候,火车开进了O站。我们在这里换乘国营电车。

在这里,我们第一次看到了昨夜空袭受害的明证。桥上挤满了无家可归的避难者。他们身上裹着毛毯,瞪着一双双空洞无神的眼睛,或者说仅仅是裸露在外的眼球。坐在地上的母亲节奏均匀地晃着怀里的孩子,仿佛永远不会停下来。姑娘头上戴着已经熏黑的花饰,趴在行李上睡着了。

我们从这些人中间穿过,甚至没有人投来嗔怨的目光。他们对我们视而不见。仅仅因为我们没有与他们共享不幸,他们就抹杀了我们的存在,把我们当成了空气。

尽管如此,一种感情仍然在我心中燃烧起来。这群"不幸"的人们给我带来了勇气和力量。我理解了革命让人产生的兴奋。他们亲眼看到大火吞噬了"他们"作为"他们"而存在的一切外在条件。他们亲眼看到人与人之间的关系，爱与憎的情感，理性与财产，全都付之一炬。他们与人际关系，与爱恨，与理性，与财产进行了激烈的斗争。当时，就像遇难船上的乘务员，他们都被赋予了一个条件，那就是活下去一个人，就要杀掉一个人。为了救情人而丧生的男子，并非丧命于大火，而是被情人所杀。为了救孩子而丧生的母亲，也是被孩子杀死的。所以，在此负隅顽抗的，或许是人类最具普遍性的各项基本存在条件。

我看到剧情惨烈的戏剧在他们脸上留下的疲惫，内心迸发了一种炽热的确信。我感觉到自己对人类根本性条件的不安烟消云散了，虽然只有几个瞬间。我差点激动地喊起来。

如果我再多一点内省的能力和睿智，或许我就能更加深入地吟味那个条件。但可笑的是，出于幻想的热情，我第一次伸手揽住了园子的腰。或许就连这个小小的动作，也已经告诉我"爱"这个名称已经没有任何意义。我们就这样走在大家前面，迈着大步穿过了昏暗的大桥。园子一句话也没有说。

我们上了国营电车，坐了下来，在格外耀眼的灯光下对视了一眼。园子看着我眼神中流露出一种迫切的企盼，同时发出乌黑柔和的光芒。

然后，我们又换乘了东京都内的环状线。车厢里九成乘客都是避难者。这里弥漫着更加明显的硝烟味。人们大声地

（毋宁说是自豪地）讲述着自己刚刚经历的这场灾难。他们是真正的"革命"群众。这是因为他们都怀着丰满闪亮、意气风发、兴高采烈的不满。

我在S站与大家道别，把包还到她的手上，独自离开了。走在漆黑的回家的路上，我不止一次意识到包已经不在自己手上，感觉空落落的。这时，我才明白那个包对我们的关系来说多么重要。那是一点点苦力。我需要这样一个铅坠，也就是这样的苦力。它可以防止我的良心浮得过高。

回到家，我发现家人表现得好像什么都没发生过一样。毕竟东京实在太大了。

过了两三天，我带着答应借给园子的书去了草野家。这种情况下，一个二十一岁的男生为一个十九岁的女生挑选的小说，即便不说书名，大家应该也大抵能够想到。做常人平常都在做的事，就可以为我带来喜悦，这是我有别于常人的地方。园子没在家。家人说她没走远，应该一会儿就回来，于是我决定在客厅等她。

过了一会儿，初春的天空乌云密布，一会儿就下起了雨。园子好像在半道遇上了雨，走进昏暗的客厅时，头发上闪烁着晶莹的雨滴。然后，她耸着肩膀坐进沙发的昏暗角落里，嘴角又泛起笑意。红色外套胸部那两个丰腴的圆弧浮现在昏暗的光线中。

我们都不知道该说些什么，尴尬地聊着天。这是我们第一次单独相处。我这才明白，几天前的短暂旅途中，我们之所以能聊得那么轻松，很大程度上有赖于邻座的话痨和她的妹妹们。当时我甚至还写了一行短短的"情书"，而现在连这种勇气都荡然无存。我变得更加谦恭。按照我的秉性，只要放任自己，我就会自然变得坦诚。但我并不害怕在她面前变成这样。难道我忘了表演吗？忘记了我一贯的表演，忘记了把自己伪装成正常人进行恋爱？不知道是否因为这个缘故，我感觉自己根本不爱这个清纯的少女。但我的心却感觉很舒坦。

骤雨停了下来。夕阳照进房间。

园子的眼睛和双唇在夕阳中闪烁着。她越是美丽动人，我越感觉无能为力。这种无助的感觉压在我的心头，让我喘不过气来。而这种痛苦，让她看起来更加虚无缥缈。

"就算是我们——"我开口说道，"也不知道还有几天活头。如果现在响起空袭警报，说不定那架轰炸机上就装着那颗即将落在我们身上的炸弹。"

"真希望这样……"她刚才一直在摆弄苏格兰格纹裙子的衣褶，听了我的话，突然抬起头来。微微发出光芒的汗毛勾勒出她脸庞的轮廓，"真希望这样……如果我们坐在一起的时候，一架轰炸机悄无声息地飞过来，朝我们投下一颗直击弹,那该多好啊……你不这样觉得吗?"

这无疑是爱的告白,连说这句话的园子自己都没有意识到。

"嗯……我也这样觉得。"

我一本正经地回答。园子却不可能知道,这个回答其实是根植于我内心深处的一个渴望。但是,若仔细思考,就会发现这种对话真的十分可笑。在和平时代,只有两人深深相爱,才有可能进行这样的对话。

"生离死别的,真让人烦透了。"为了掩饰尴尬,我故意愤世嫉俗地说道,"你偶尔也会有这种感觉吗?生在这样的时代,离别才是日常,相见倒成了奇迹……我们能像现在这样坐在一起,闲聊几十分钟,想来也许也是一个奇迹……"

"嗯,我也有这种感觉……"她欲言又止,稍微停顿了一下。过了一会儿,她平静地说道,"我们才刚见面,就要分开了。奶奶急着转移。前天回来后,她就马上给N县某村的姑姑发了电报。今天早晨,姑姑打来长途电话。奶奶发的电报是'找房子',姑姑打电话来说:'房子找不到的,就直接住在我家好了。'她还说很高兴一家人住在一起,这样也热闹。奶奶说这两天就过去。她真是太性急了。"她说得一本正经,却又让人感觉很舒服。

我未能轻松地随口附和。我感觉受到了沉重的打击,连自己都有些吃惊。在舒服的感觉中,我不知不觉地产生了一种错觉，以为一切会这样持续下去。我俩也会一起生活下去，谁也离不开谁。然而，她的道别却告诉我，我们现在的约会没有任何意义，揭示我现在的喜悦不过是一种假象，摧毁了我认为这一切都会永恒存在的幼稚想象。同时，这个宣告也让我突然觉醒，领悟到所谓的男女关系不可能永远停留在这种状态，从而摧毁了我的另一个想象。我痛苦地觉醒了。为什么不能这样一直继续下去呢？从少年时代问了几百遍的问题又到了嘴边。为什么我们每个人都被赋予这种奇怪的义务：摧毁一切，改变一切，将一切置于不停的流转反复中？难道这种令人不快的义务就是人们所说的"生"？难道这仅仅对我来说是一种义务？至少，对这种义务感到沉重负担的，一定只有我一个人。

"哦，你要走啦……不过，即便你不走，我很快也要离开的……"

"你要去哪儿？"

"还是一家工厂，三月底或四月初吧。"

"那很危险吧，要是遇到空袭什么的。"

"嗯，很危险。"

我赌气地回答。然后就匆匆离开了。

摆脱了必须爱她的应然，第二天我的心情意外平和。我放声歌唱，踢飞可憎的六法全书，非常兴奋。

这种不可思议的乐观状态持续了一整天。晚上我像个孩子一样睡得香甜。夜深人静的时候，又响起了空袭的警报，打破了我的睡梦。一家人嘟嘟囔囔地发着牢骚，躲进了防空洞。但事实证明，什么也没有发生。很快又响起了解除警报的铃声。我在防空洞里不停地打瞌睡，听到解除警报的铃声，就慢吞吞地背上钢盔和水壶，最后一个走上来。

昭和二十年的冬天迟迟不肯离去。春天已经像豹子一样蹑手蹑脚地来到了人间，但冬天依然像一个阴暗的铁笼，顽固地把它困在里面。闪烁的星光依然冰冷。

枝叶繁茂的常绿树，在夜空中绘出美丽的曲线。我睡眼惺忪的眼睛，在茂盛的枝叶间，发现了几点柔和温暖的星光。我呼吸着夜晚清冷的空气，突然冒出了一个想法。我必须与园子相爱并厮守终生，否则这个世界对于我来说将一文不值。这个想法占据了我的内心。内心深处有一个声音向我发出挑衅：信不信？你根本忘不了她！于是，一种动摇我存在根基的悲伤又迫不及待地涌上心头，就像那天早晨我在月台上看到园子的时候一样。

我开始坐立不安。狠狠地跺了一下脚。

即便如此，我还是又努力忍了一天。

第三天傍晚时分，我又去了园子家。一个工人模样的人正在门口打包行李。他把一个长方形箱子放在沙地上，裹上草席，再用草绳捆绑结实。我心中燃起一阵不安。

出来开门的是她祖母。祖母身后堆着打包待运的行李。门厅的地板上散落着草席的碎屑。我看到她的祖母脸上有些为难，便决定直接离开。

"请您把这几本书交给园子。"

我像书店员一样，把几本爱情小说递给她的祖母。

"每次都让你费心，真是感谢。"她没有转身叫园子，这样对我说道，"我们一家明天晚上就出发，去某村暂避一阵子。一切都很顺利，出发的日期比预计提前了很多。T先生租了我家的房子，用来当他公司的员工宿舍。还真是怪舍不得呢。不过我孙女和外孙倒是很高兴。一大家子以后都要一起住了。欢迎你过来玩。等我们在那边落下脚，就给你写信。请一定要过来玩啊。"

八面玲珑的祖母跟我如此客套了一番。这些话，倒并没有让我感觉不愉快，只是内容过于空洞，就像她那一口整齐的牙齿，不过是一堆无机物。

"请您一家多多保重。"

我没能说出园子的名字，只说了这样一句话。这时，园子好像被我的踌躇引了出来，出现在里面楼梯的拐角处。她一只手拿着一个帽盒子，另一只手抱着五六本书。透过高窗洒落的阳光照在头发上，仿佛一团燃烧的火焰。她看见我，大喊了一声"请稍等一下！"，那声音把她的祖母吓了一跳。

然后，她发出急促的脚步声，迅速跑上了楼。看到她祖母一脸吃惊的样子，我心里十分得意。她说家里堆满了行李，乱七八糟的，没有办法请我坐。一边向我道歉，一边急匆匆地转身离开了。

我站在玄关的角落等待着。过了一会儿，园子涨红着脸跑下来，走到我面前，默默地穿上鞋，然后起身对我说道："我送送你。"这种命令式的高压语气中，有一种让我感动的力量。我笨拙地转动着制帽，看着她的模样。这时，我感觉一种情感在心中戛然止步。我们肩并肩走出房门，默默地走上通向大门的石子路。这时，园子突然停下脚步，蹲下身子重新系好鞋带。系个鞋带怎么要这么久啊？我感觉有些奇怪，便先独自走到门口，看着门前的路，等她从家里出来。我不知道这其实是一个十九岁少女的小花招。她希望我走在她前面，与她稍微保持一点距离。

突然，她从后面跑过来，胸部猛地撞到我穿着制服的右胳膊。就像是一场车祸，是一次因偶然走神而引发的冲撞。

"这个……给……"

硬邦邦的西式信封的边角扎到了我的手心。我攥紧信封，就像扼杀一只小鸟一样，差点捏扁在手心里。那封信沉甸甸的，令我难以置信。我就像看着什么不该看的东西，看着手上这封女生趣味的信封。

"回去看……回到家再看吧。"

她好像在努力压抑着自己的感情，痛苦地小声说道。

"回信寄到哪里？"我问道。

"在里面……里面写着呢……某村的地址。寄到那里就行。"

有些奇怪的是，我突然开始期待离别的时刻。这种期待就像捉迷藏的时候，"盲人"闭着眼睛一边数数，一边期待睁开眼睛，发现大家已经朝不同的方向四散而去。就像这样，我拥有一种奇妙的天分，可以在任何事情中找到快乐，并享受这种快乐。因为这种邪恶的天分，有时连我自己也常常把这种怯懦误当成勇气。但是，这种天分或许也可以说是对我这种对人生没有期待的人所做的一种甜蜜的补偿。

我们在检票口道了别。连手都没有拉一下。

有生以来收到的第一封情书，让我欣喜若狂。还没等回到家，我就在电车中旁若无人地打开了信封。里面有很多影绘卡片，还有很多教会学校的学生们钟爱的彩绘卡片。打开信封的时候，这些卡片差点掉到地上。里面有一张折叠起来的蓝色信纸，印着迪士尼动画里的大灰狼和小红帽。上面写着几行字，笔迹工整，就像在练习书法。信的内容如下：

　　谢谢你借书给我看。书很有意思。衷心祝愿你在空袭中平安康健。等我到那边落下脚，还会给你写信。那边的地址是：×县×郡×村×街道。随信附上一点心意，聊表谢意，敬请笑纳。

这算什么情书嘛！刚刚那种欣喜若狂的感觉立刻烟消云散了。我顿时脸色苍白，笑了起来：谁要给你写信啊。要是给你写信，那不就像是收到一封照本宣科的感谢信，还要迂腐地给人回信么？

然而，还没看到信的时候，我原本是想要写回信的。在到家之前的三四十分钟里，这个最初的欲望，逐渐开始为"欣喜若狂的状态"辩护。我马上想到，在那种家庭熏陶中长大的孩子，是不可能学会写情书的。我觉得她一定是第一次给男生写信，出于各种顾虑，下笔才如此谨慎。这封信虽然言之无物，但可以肯定的是，她那时的每一个动作都表达了远远大于这封信的内容。

突然，从另外的方向燃起的怒火控制了我的心。我开始乱发脾气，拿起六法全书，朝墙上砸去。你这个窝囊废！我开始自责。面对一个十九岁的姑娘，你怎能贪婪地等待对方爱上自己？为什么你不能更主动一点？我知道，你之所以犹豫，是因为心中有那种异样的、来历不明的不安。试着回想一下。你十五岁的时候，曾过着那个年龄的少年应有的生活。你十七岁的时候，也基本上和常人没有什么两样。但是，二十一岁的现在呢？你的朋友曾预言你活不过二十岁，但夭折的预言并没有实现，战死沙场的期待也暂时落了空。到了这个年纪，你才终于遇上这样一个不谙世事的十九岁的姑娘，但你却对你们的初恋束手无策。哈，真是好大的进步啊！真了不起！二十一岁了，才想跟人互通情书。你该不会搞错了自己的年纪吧？况且，都到了这个年纪，你还没跟女孩接过吻呢！你这个不中用的窝囊废！

这时，又有另一个阴暗执拗的声音开始揶揄我。那个声音里有一种炽热的真诚，有一种我从未体会过的人性的味道。它就像这样喋喋不休，不停地追问。——是爱吗？就算是吧。可是，你真的会对女人产生肉体的欲望吗？难道你想说自己唯独对她没有"色欲"，并通过这种自我欺骗来忘记自己对所有女人都不曾有过"色欲"的事实么？而且，你有资格使用"色"这个词吗？你有过想看女人裸体的欲望吗？你想象过园子的裸体吗？哪怕只有一次。以你擅长的类推能力，至少应该能够想到一个自明的道理，那就是像你这个年纪的男孩看到年轻的女孩时，一定会忍不住想象她的裸体。你扪心自问，我为什么会这样说？是否可以请你对类推进行一点点细节上的修正？昨天晚上睡觉前，你又放任自己完成了一个小小的因袭，对吧？你可以说那其实就像是一种祈祷。就是在那种小规模的邪教仪式上，谁都会做的祈祷。替代品一旦用习惯了，就会发现替代品用着感觉也不坏。况且这东西还是一种药效显著的安眠药。但是，当时你心里想的，好像不是园子吧？那是一种奇妙无比的幻影，就连我这旁观者，看了都大吃一惊。你白天走在大街上时，只要看到年轻的步兵或水兵，就一直盯着人家，目不转睛。就是你喜欢的那个年纪的男子，黝黑的皮肤，看不出一点知性的脸庞，朴实木讷的嘴唇。一看到这样的男子，你的眼睛就会马上目测人家的腰围。难道你从政法大学毕业后，是想去当裁缝吗？你最爱的，是二十岁左右的无知青年像幼狮一样矫健的肉体，对吧？你昨天在想象中扒光了几个这样的年轻男子？你想象中准备了一个采集植物用的采集箱，采集了几个 Ephebe 的裸体带回来，从中选出你认为优秀的那一个，作为邪教仪式的活祭。你从中选择了一个。接下来的场面让人目瞪口呆。你把活祭带到一个奇怪的六角柱旁，掏出事先准备好的绳子，把这个活祭反剪双手绑到柱子上。他须得进行令你满意的抵抗，令你满意的惨叫。你耐心地给这个活祭一些死亡的暗示。然后，你的嘴角浮现出一种不可思议的灿烂笑容。这时，你从口袋里拿出一把锋利的刀子，走近活祭，用刀尖轻抚他柔韧结实的侧腹的皮肤。活祭发出绝望的惨叫，扭动着身子躲开你的刀，心脏剧烈地跳动，裸露的双腿直打哆嗦，双膝撞得咔嗒咔嗒响。嗞啦一声，刀子刺进侧腹。当然行凶者是你。活祭的身体蜷曲成弓形，发出孤独的惨叫，被刺中的腹部肌肉开始痉挛。刀子就像入了刀鞘似的，稳稳地插进像波涛一般起伏的肌肉里。鲜血如冒着泡的泉水，汩汩地顺着光滑的大腿流下来。

高潮带给你快感，在这一瞬间让你变得和正常人一样了。你念念不忘的"正常"，只有在这一瞬间才属于你自己。无论对象是什么人，在发自肉体的性欲与可以正常发情这个方面，你和别的男人没有什么区别。一种恼人的原始充溢让你心旌摇曳，野蛮人的深层欢愉在你心中复苏。你的眼睛散发出光芒，全身的血液开始沸腾。你浑身洋溢着野蛮人的茁壮生机。射精后，野蛮赞歌的余温仍残留在你的身体上。男女交媾后的那种悲伤不会袭上你的心头。你身上闪耀着放纵的孤独。在接下来的一段时间里，你仍然沉浸在一条古老大河的回忆里。或许原始人的生命力品尝到的终极感动，已经变成一种回忆，完全占领了你的性功能和快感？你到底在苦苦地掩饰什么？你偶尔能够体验到人类最自然的肉体快感，却偏要去追求什么"爱"或者"精神"，真让人难以理解。

要不，干脆让园子看一下你那篇莫名其妙的毕业论文？如何？《论 Ephebe 的躯体曲线与血液流出量的函数关系》，真的太高深了。简而言之，你选择的躯体，是那种皮肤光滑、矫健结实的年轻躯体。当鲜血顺着那种躯体流下来的时候，能够描绘出最为细腻优美的曲线。这种肉体可以让滴落的鲜血绘出最自然的美丽花纹，就像自然流过荒野的小河，或者被砍断的古树断面上呈现的木纹。肯定是这样吧？

肯定是这样的。

话虽如此，但我的自省力却拥有一种让人不可小觑的构造。它就像一个用细长的纸条粘上两端做成的圆环，互为里表且互相转换。很多年后，表里转换的周期变得越来越长。但二十一岁时的我，只是蒙着双眼在感情周期的轨道上转来转去。因为战争末期到处弥漫着匆忙的终结感，其旋转的速度飞快，令人晕头转向。原因、结果、矛盾、对立，都没有时间一一深究。矛盾还没有来得及解决，就以迅雷不及掩耳的速度擦边而过了。

过了一个小时，我就改变了主意，只想着如何给园子写一封言辞巧妙的回信了。

时间过得飞快。不久，樱花开了。没有人有时间出去赏花。在偌大个东京，能出来赏花的人，大概也只有我们大学我们系的同学。放学回家的路上，我有时独自一人，有时约上三两个同学，到S湖的湖畔漫步。

今年的樱花格外娇艳。五颜六色的帐篷，小吃摊旁热闹的人群，赏花的游人，卖风车或气球的摊贩……这些就像是樱花的衣裳，而今年也都不见了踪影。只有樱花夹在常绿树之间恣意绽放，让人感觉自己好像在欣赏樱花的裸体。大自然不求回报的奉献，没有意义的奢华，都不如这个春天妖娆动人。我心中生出一种不愉快的疑惑，怀疑大自然会再次征服人间。因为，这个春天的花花草草都非同一般。油菜花的黄色，嫩草的绿色，樱花树干的润黑色，树顶上忧郁的樱花大伞，在我眼中都变成一种带着恶意的艳丽，就像是色彩着了火。

我们一边走在樱花树林和湖水之间的草地上，一边讨论无聊的法律问题。我当时喜欢Y教授讲授的国际法，因为那门课的内容非常具有讽刺意义。大空袭期间，教授不知疲倦地讲授国际联盟的知识，常常慷慨激昂。对于我来说，听这种课的感觉就和听麻将课和象棋课没有什么区别。和平！和平！这个始终像远方的驼铃一样的声音，对于我来说仅仅是一种噪音。

"我认为这是物权请求权绝对性的问题。"

一个来自乡下的学生A这样说道。他肤色黝黑，长得高大魁梧，肺浸润却已到了晚期，因此没有应征入伍。

"别说这些啦，无聊。"

脸色苍白的B打断了他的话。这个人显然是肺结核。

"天上飞着轰炸机，地上讲着国际法……呵呵……"我耻笑道，"这算是天上有荣光，人间有和平么？"

只有我一个人不是真的得了肺病。但我假装得了心脏病。要想在这个时代活下去，要么有勋章，要么有病体。现在就是这样一个时代。

突然，樱花树下的草地上传来窸窸窣窣的脚步声。我们吃惊地停下了脚步。那个脚步声也停了下来。对方也看着这边，一副吃惊的样子。那是一个年轻的男子，穿着一身脏兮兮的工作服和破旧的草鞋。之所以看出"年轻"，仅仅是因为战斗帽下面寸头的头发是黑色的，而污黄的脸色、斑驳的胡茬、沾满油污的手脚和黑黢黢的喉结，都流露出与年龄无关的凄惨的疲惫。男子的斜后方，站着一个年轻的姑娘，怯生生地低着头。她也只是简单地扎着头发，身上穿着一件国防色[1]上衣，下身却穿着一条异常鲜艳和崭新的飞纹帆布劳动裤。这对情侣应该都是苦工。今天大概是偷偷怠了工，一起出来赏花。刚才他们看到我们的时候吓了一跳，可能是把我们当成了宪兵吧。

也许发现我们不是什么宪兵，他们便趾高气扬地从我们身边走了过去。那之后，我们都没有了开口说话的意愿。

樱花盛开之前，法学系就停了课。学生们被动员前往 S 湾附近的海军工厂当学徒工。同一时期，母亲和弟弟妹妹转移到郊外的舅舅家避难。他在那里有一块小小的农园。东京的家里只留下一个还在上中学的书童，照顾父亲的生活起居。这个少年年纪不大，却非常老练世故。家里没有米的时候，他就用碾钵碾碎煮熟的黄豆，做成像糨糊一样黏稠的稀粥，和父亲两人一起吃。趁父亲不在家的时候，他把家里储备的

1　国民服是当时日本政府规定的国民的统一着装，颜色为一种卡其色，因此又称国民色、国防色。

一点罐头也都吃光了。

海军工厂的工作很轻松。我担任图书馆馆员,同时负责挖掘工作。所谓挖掘工作,就是和中国台湾的童工一起挖大型地道,以备日后秘密迁移部件工厂。在工厂里,这些十二三岁的小恶魔是我最好的朋友。他们教我说闽南话,我用日语给他们读童话故事。他们说台湾的神会保佑他们在空袭中平安无事,相信日本政府总有一天会把他们送回祖国。他们的食欲简直大到令人咋舌,可以说到了一种不道德的程度。其中一个机灵的小孩趁伙房师傅不注意,顺手偷了一些米饭和蔬菜,然后倒上很多机油炒了一下,做成茶泡饭吃了起来。我拒绝了这顿散发着齿轮味的"美食"。

才仅仅过了不到一个月,我和园子的书信往来就变得有点特别了。我在信中没有任何顾虑,表现得非常大胆。一天上午,解除警报的铃声响起后,我回到工厂,看到桌子上放着园子的来信。打开这封信,读着信上的内容,手开始颤抖,整个身体陷入一种微醺的状态。我反复地小声念着信里的那一行字。

"……我爱慕你……"

当事人的不在场给了我勇气,距离赋予了我"正常"的资格。换句话说,我表现出的"正常",不过是一个"临时工"。时空的相隔,使人的存在变得抽象化。非常规的肉体欲望与我对园子与日俱增的倾慕，原本没有任何关系，但因为这种抽象化，二者合二为一，毫不矛盾地把我这一存在固定到每时每刻的时间里。我是自由的。每天生活得很开心。也有传言说，敌军即将从 S 湾登陆，这一带很快就会变成战场，死亡的气息越来越浓。就是在这种状态下，我"对人生怀着希望"。

过了一段时间，那是四月中旬的一个星期六，我又获准在外留宿，便回了一趟东京的家。我原本只是想回家取几本在工厂读的书，然后直接去郊外的母亲那里住。但是，回家的途中，突然响起了空袭的警报，电车开开停停。这时，我突然感到一阵恶寒，头晕目眩，浑身发热，慵懒无力。很多次相似的经历告诉我，这是扁桃体发炎的症状。好歹撑到家里，我让书童帮我铺好床，躺下休息。

过了一会儿，楼下传来一个女人的喧哗。那声音剧烈地刺痛了我高烧的额头。然后，我又听到一阵脚步声。好像有人上了楼，迈着碎步沿着走廊跑了过来。我微微睁开眼睛，看到一条印着大花的和服的裙摆。

"怎么啦？瞧你这尿样。"

"哎，我当是谁呢。原来是键子姐啊。"

"什么哎呀哎的，咱们五六年没见，你怎么也该表现得高兴点吧。"

她是我家一个远房亲戚的女儿，名字叫作千枝子。因为发音相似，我们大家都叫她"毽子"。她比我大五岁。我上次见她还是在她结婚的时候。但听说去年她丈夫死在战场上了，那之后她就整天特别开心，让人感觉有些疯疯癫癫的。看她那副开心的样子，我都不好开口让她节哀了。我吃惊得说不出话来，觉得她最好把头上的那朵大白塑料花摘下来。

"我找达叔有点儿事。昨天就来过。"达夫是我父亲的名字。她又接着说道："我来找他，是为了寄存行李的事。我爸前几天碰巧遇到达叔，他说帮我们介绍一个妥当的地方。"

"我爸说他今天回来会比较晚一些。当然，这倒无所谓……"看到涂着鲜艳口红的嘴唇，我担心起来。或许是因为发烧，我感觉那鲜艳的红色非常刺眼，让我的头痛更剧烈了。"可是……这种时候，你抹成那个样子，一路上没有被人说吗？"

"哎哟，你也到了关心女人妆容的年纪啦？你这样躺在床上，看着像刚断奶呢。"

"瞎说，快离我远点吧。"

她故意走近我。我不想被她看见自己穿睡衣的样子，就扯起被子蒙上了头。这时，她突然把手心贴在我的额头上。这冰凉倒是正合时宜，令我突然感动起来。

"好烫啊。量体温了吗？"

"量了。三十九度整。"

"要冰块敷一下吗?"

"我家没有冰块。"

"我想想办法。"

千枝子啪嗒啪嗒地甩着和服袖子，蹦蹦跳跳地下了楼。一转眼儿工夫，她又跑了上来，平静地坐下。

"我让书童去拿了。"

"谢谢。"

我看着天花板。她从我枕边拿起一本书，这时袖子的丝绸布料碰到了我的脸，凉凉的。我突然想要那冰凉的袖子。本想请她把袖子贴在我额头上，但我没好意思开口。房间里的光线越来越暗。

"这孩子好慢啊。"

发烧的病人能够以一种病态的准确度感知时间。我觉得千枝子现在说"太慢"这种话还为时尚早。过了两三分钟，她又说道：

"好慢啊。这孩子干啥去了?"

"一点都不慢啦!"

我神经质般地喊道。

"着急了啊，好可怜的孩子。快闭上眼睛。别那么恶狠狠地盯着房顶。"

我闭上了眼睛。眼皮底下的热散不出去，非常难受。突然，我感觉什么东西碰到了我的额头。与此同时，一股微弱的气息也吹在了额头上。我转开头，不经意地呼出一口气。这时，一股温热的气息混进那股气息里。一个油腻的东西突然封住了我的嘴唇。牙齿撞到一起，发出嘎吱嘎吱的响声。我不敢睁开眼睛。过了一会儿，一双冰冷的手掌捧住了我的脸。

过了一会儿，千枝子直起身子，我也坐了起来。我们俩在薄暮的昏暗中对视。千枝子的姐妹都是行为不检点的女人。显而易见，她的身上也流着同样具有激情的血。但是，这激情的血与我发烧的病症之间产生了一种奇妙的亲切感。我整个坐起身来，对她说道："再来一次。"我们一直不停地接吻，直到书童回来。只是接吻哦，只是接吻。她一个劲儿地这样说着。

我不知道这接吻中有没有肉体欲望。但不管怎样，这是我的第一次，而第一次本身就是一种肉体欲望。所以或许在这种情况下，原本没有必要进行辩解，也没有必要从我的陶醉中抽象出所谓的观念性要素。重要的是，我已经是一个"接过吻"的男人了。我抱着千枝子，脑子里想的全都是园子，就像一个疼爱妹妹的男孩，在别人家看到好吃的糕点，首先想到的是让妹妹也尝一尝。然后，我就开始集中精神，想象和园子接吻时的情景。这是我的第一次误判，也是我最大的一次误判。

总之，因为想了园子，我越来越觉得第一次经历肮脏不堪。第二天，我又接到千枝子的电话，但我谎称明天就要回工厂了，没有如约和她约会。然而，这种不自然的冷淡其实是因为初吻并没有给我带来任何快感。而我却对这个事实视而不见，千方百计地让自己相信，我是因为深爱园子，才会觉得那次行为肮脏。这是我第一次把自己对园子的爱当成借口。

就像初恋的少男少女那样，我和园子交换了照片。园子在来信中告诉我，她把我的照片放进徽章里挂在胸前。但她寄给我的照片尺寸有点大，只能放进折叠包里。可我没有折叠包，也放不进裤子后面的口袋里，就只好用小方巾包起来随身携带。想到自己不在的时候工厂可能会着火，所以每次回家我也都把照片带在身上。有一次，我晚上坐电车从家里回工厂，中途突然响起了警报，车厢里熄了灯。很快，大家开始疏散。我在黑暗中摸索着寻找行李架，发现我包着照片的小方巾随着装着它的行李一起被人偷走了。我是一个很迷信的人。从那天开始，我就陷入一种不安。我觉得自己要抓紧时间去见园子。

五月二十四日夜里的空袭，就像三月九日半夜的那次空袭一样，促使我下定了决心。或许我和园子之间需要像这样一种由诸多不幸释放出来的瘴气似的东西。就像一些化合物需要硫酸作为媒介一样。

草原和山丘相接的地方，遍布着很多地道。我们躲在地道里，看着东京的天空烧得一片通红。爆炸声不时地响起。每当这个时候，火光回射到天上，云朵间就会闪现出恍如白昼的蓝天。也就是在漆黑的午夜，出现了瞬间的蓝天。无力的探照灯宛如迎接敌机的领航灯，不时地把淡淡的光形成的十字架投到敌机的机翼上，朝着东京的方向，一个接一个，将光的接力棒交给下一个探照灯，认真地行使着引导的功能。高射炮的发射最近也越来越频繁。B29轰炸机可以轻而易举地飞到东京的上空。

在这里观看东京上空的空战，真的能分清哪架飞机是敌人，哪架飞机是我们的吗？尽管这一点值得怀疑，但每当看到从通红的天空上坠落的机影，看热闹的人们就会齐声欢呼。其中最开心的是那些少年工。地道俨然成了剧场，到处响起热烈的鼓掌声和喝彩声。我心想，对于在远处看热闹的人来说，无论坠落的飞机是敌方还是我方，在本质上都没有太大区别。战争就是这么回事。

第二天早晨，我踏着仍弥漫着硝烟味的轨道，穿过铺着烧焦的木板的铁桥，沿着已经停运的私营铁路走了一半路程，回到了家。唯独我家附近没有遭到轰炸。因为昨天的火光，碰巧回家小住的母亲和弟弟妹妹反而有了精神。我到家的时候，他们正吃着从地窖里挖出来的羊羹罐头，庆祝劫后余生。

"哥哥，你是喜欢上谁了吧？"

"谁说的?"

"不用谁说啦。一看就知道。"

"我不能喜欢别人吗?"

"那倒不是。你准备什么时候结婚啊?"

我顿时吃了一惊,感觉自己就像一个通缉犯,碰巧听到对我的犯罪完全不知情的人说出了与偶然犯罪相关的某个事实。

"我不会结婚的。"

"真是耍流氓。不以结婚为目的恋爱么?好讨厌,男人真不是好东西。"

"快走开,不然泼你一身墨水。"

房间里只剩下我一个人的时候,我自言自语地重复道:

"对啊。在这个世上,还可以有结婚这个选项。还有生孩子。我怎么就忘了呢。或者说为什么我会装作忘了呢?仅仅是因为战争的激烈化,让我产生了一种错觉,以为像结婚这样的小幸福也成了不可能。对于我来说,或许结婚其实是一个重大的幸福。可怕的重大……"这种想法让我下定了一个矛盾的决心。今天或明天一定要去见园子。这是爱吗?或许其实就是一种"对不安的好奇心"。每当我们感到不安的时候,它就以一种出奇的热情出现在我们的心里。

园子、她的祖母和母亲给我寄了好几封信,邀请我过去玩。我觉得住在她姑姑家会不自在，便写信给园子，让她帮我找一家旅馆。她挨家询问山村中的旅馆，都没有找到住宿的地方。因为这些宾馆要么是国营的，不接受私人预订，要么软禁着德国战俘。

旅馆这两个字，让我浮想联翩。这是受到我喜欢的爱情小说的不良影响，是我第一次实现少年时代以来的空想。对了，我的思考方式有些堂吉诃德的风格。在堂吉诃德的时代，很多人都喜欢骑士的英雄故事。但只有堂吉诃德彻底被骑士小说迷昏了头脑。在这一点上，我和他完全一样。

旅馆，密室，钥匙，窗帘，温柔的抵抗，你情我愿的战斗……到那时，到那时我就应该可以做到了。所谓的"正常"就会在我身上燃起，仿佛天上飞来的灵感。我应该能获得重生，变成另外一个人，变成真正的男人，就像被什么东西附体一般。只有在那种时候，我才会无所顾忌地抱住园子，拼尽我的全力去爱她。心中所有的疑惑和不安必然烟消云散，我应该能发自内心地说出"我喜欢你"。从那天开始，我甚至可以挺着胸脯走到笼罩着空袭威胁的大街上，自豪地对所有人大声宣布："这是我的女朋友。"

浪漫主义的性格充斥着对精神活动微妙的不信任，这往往会将人引向一种不道德的行为，即所谓的白日梦。白日梦，不像人们所认为的那样，是一种精神活动，毋宁说是对精神的背叛与逃避。

然而，实现旅馆空想的基本条件都没有得到满足。园子给我写了好几次信，说没有找到能入住的旅馆，让我住在她家。我回信答应了她的提议，心中产生了一种近似于疲惫的安堵。我纵然善于自我欺骗，但也无法将这种安堵曲解为放弃。

六月十二日，我动身了。海军工厂里的工作越来越清闲，整个工厂都弥漫着一种自暴自弃的氛围。随便找个理由就可以请假。

火车上脏兮兮的，几乎没有什么人。战时火车的回忆（除了那一次愉快的旅程之外）为什么全都是这种悲惨的回忆呢？这次的火车上，我像个孩子一样做了一个决定，并被这种执念折磨了一路。那就是在离开某村之前，一定要和园子接吻。但是，这并非由欲望引起的坚定信念，不足以让我战胜心中的怯懦。我感觉自己就像是要去偷窃，就像一个胆小懦弱的小弟，在黑帮老大的命令下，战战兢兢地去当强盗。被人爱的幸福刺痛了我的良心。我当时追求的或许是一种更具决定性的不幸。

园子把我介绍给她的姑姑。我装模作样地拼命表现自己。感觉大家在无言中形成了这样的共识："园子怎么喜欢这种男人啊。这种小白脸大学生，到底有什么好啊。"

为了给大家留下一个好印象，我没有像上次在火车上那样采取排他的行动。我一会儿给园子的小妹妹们辅导英语，一会儿又陪她祖母闲聊她在柏林时的旧事。奇怪的是，这样做反而让我感觉园子离自己更近了。我当着她的祖母和母亲的面，几次大胆地与她暗送秋波。吃饭的时候，我们用脚在饭桌底下打情骂俏。她也渐渐地喜欢上这种游戏。当时正值梅雨时节，窗外绿树如茵。她见我对她祖母的长篇大论感到无聊，便慵懒地靠在窗边，以一种只有我才能看到的角度，用指尖捏住胸口的项坠朝我摇晃。

半月形衣领隔开的胸部白皙柔嫩，让人眼前一亮！她这样做的时候，脸上露出微笑，让人感觉出染红朱丽叶脸颊的"淫荡的鲜血"。与成熟女人的淫荡完全不同，是一种处女特有的淫荡，像微风令人陶醉。那是一种可爱的恶趣味，就像有人喜欢逗弄婴儿。

这样的瞬间，我的心会差点陶醉在幸福中。我已经很久没有品尝幸福的禁果了。但是，现在它以一种令人悲伤的执着诱惑着我。我感觉园子就像一个深渊。

时间过得飞快。还有两天我就必须回海军工厂了。我为自己规定的接吻义务还没有实现。

雨季的蒙蒙细雨笼罩了整个高原。我借了一辆自行车去邮局寄信。园子为了逃避军队的征召，在政府的一家分支机构上班。我们约定，等她下午翘班回来，我们在邮局见面。

锈迹斑驳的铁丝网被蒙蒙细雨打湿，空无一人的网球场清冷凄凉。一个骑着自行车的德国少年迎面而来，与我擦肩而过。被雨水打湿的金发和白皙的双手闪烁着水珠的光芒。

我们在古朴的邮局里等了几分钟，外面渐渐明亮起来。雨停了。迎来了短暂的晴天，也是让人想入非非的晴天。云还没有散去，天空已经亮了起来，变成了白金色。

园子的自行车停在玻璃门外。她喘着粗气，胸部和被雨水打湿的肩头上下颤动，脸上泛出健康的红晕和美丽的笑容。"就是现在，上啊！"我感觉自己像一条收到指令的猎犬。这种义务观念有一种恶魔的命令的性质。我跨上自行车，和园子并排穿过某村的中心街道。

我们骑着自行车在杉树、枫树和白桦树的树林中穿梭。树上落下亮闪闪的雨滴。她美丽的长发随风飘扬。矫健的双腿用力转着脚蹬。她充满生命的活力，仿佛就是"生命"本身。我们穿过一个废弃的高尔夫球场的大门，下了自行车，沿着高尔夫球场走在被雨水淋湿的小路上。

我像一个刚入伍的新兵，心里紧张极了。前方有一个小树林。那里的树荫是最合适的地方。到那里大约有五十步。走到第二十步的时候要跟她说句话。必须消除心里的紧张情绪。剩下的三十步东拉西扯说一些无关紧要的话就行了。走到第五十步，停好自行车，眺望远方的山景。把手搭在她的肩膀上，然后小声对她说："能这样跟你在一起，简直就像做梦一样。"然后，她回复一些无关紧要的话。这时，搭在她肩膀上的那只手用力把她揽过来。就像和千枝子接吻的时候一样和她接吻。

我向导演宣誓忠诚。这只是一场表演，既没有爱，也没有欲望。

我把园子搂在怀里。她喘息着，脸红得像火。长长的睫毛下面，双眼紧闭。她的嘴唇稚嫩娇美，却依然无法勾起我的欲望。但是，我开始寄希望于流逝的时间。也许我的"正常"、我没有伪装的"真爱"，在接吻的时候就会出现。机器剧烈地运转。没有人能阻止它。

我用我的唇覆盖了她的唇。一秒钟过去了。没有任何快感。两秒钟过去了。还是那样。三秒钟过去了……我终于全都明白了。

我松开她的身体，伤心地看了一眼园子。如果她看到我此时的眼神，一定会从中读出一种难以言说的爱的表达。谁都无法断言，对于人类来说，这种爱是否可以成为可能。但是，她已经完全陷入一种羞耻和神圣的满足，像木偶一样垂下眼睛。

我就像对待病人一样，默默地拉起她的手，朝自行车的方向走去。

我要赶紧逃走，越快越好。我开始焦虑。但我装作比平常更开心的样子，唯恐别人发现我的沮丧。晚餐的时候，我一脸幸福的样子和园子明显陶醉于爱情的痴态，给大家提供了一种和谐的暗示，结果这种局面反而对我不利。

园子看起来比以往任何时候都清纯可爱。她的模样原本就透露着故事的风情，就像故事里坠入爱河的少女。看到她这种纯洁无瑕的少女心，我就越发明白了，无论我装作多么开心的样子，都没有资格拥抱她那颗美丽的灵魂。于是，我变得少言寡语，她的母亲说了一些担心我身体状况的话。这时，园子以她可爱的领会能力，不知道察觉了什么。她为了鼓励我，又朝我挥动她的项坠，用这种方式告诉我"不要担心！"。我不由得微微一笑。

大人们看到我们这样旁若无人的微笑传情，都表现出一种既吃惊又困惑的表情。从他们的表情中，我似乎能看出他们如何想象我们的未来。想到这里，我又不由得打起了冷战。

第二天，我们又来到那个高尔夫球场。我找到我们昨天留下的"纪念"——一块被我们踩坏的黄色野菊丛。草已经干了。

习惯真是很可怕。上次接吻后明明那么痛苦，而现在我竟然又做了一次。不过，这次亲吻是以亲吻妹妹的那种方式。然而，这反而散发出一种偷情的味道。

"什么时候才能再见到你啊。"她问道。

"要是美军没打过来……"我说道,"大概再过一个月,就能再请一次假了。"然而,我其实期待着死亡。岂止是期待,简直可以说是一种迷信式的确信。我希望在这一个月内,美军从S湾登陆,我们作为学生兵被动员到前线冲锋陷阵,全部战死。或者有一个谁也不曾想过的巨型炸弹落下来,无论我身在哪里,它都能把我炸死。——这说明我碰巧预言了即将投下的原子弹吧。

然后,我们走向一个向阳的斜坡。两棵白桦树就像一对温柔善良的姐妹,将影子投在斜坡上。低着头走路的园子开口说道:

"下次见面的时候,你会送我什么礼物?"

"如果说现在我能带来的礼物……"我为了掩饰痛苦,佯装糊涂,"也就只有做坏的飞机,或者沾满泥巴的铁锹啊。"

"我不是说这种看得见的东西啦。"

"那是什么呢?"见园子穷追不舍,我越发装起了糊涂,"真是个难题。回去的路上,我好好想想。"

"嗯,一定要好好想想哦。"她的声音中带着莫名的威严和冷静。"答应我,一定要带礼物来。"

说到"答应"这两个字时,园子特别加重了语气。于是,我只好用一种虚张声势的开心来保护自己。

"好,我们拉钩!"我大大咧咧地说道。于是,我们表面上像两个天真无邪的孩子拉了一下钩。但是小时候感觉到的那种恐惧，也在心头复苏了。据说，一旦拉了钩，就要遵守约定，不遵守约定的一方会烂掉手指。这种迷信的说法让孩子感到恐惧。而现在我感觉到的，正是这种恐惧。虽然园子没有明说，但她所说的"礼物"明显是"求婚"的意思。我的恐惧是有原因的。就像一个晚上不敢独自上厕所的小孩，感觉一切都很可怕。

那天晚上，刚要入睡的时候，园子来到我的卧室门口。她一边抓起门帘无聊地缠裹自己的身体，一边央求我再多住一天。我躺在床上，吃惊地看着她。原以为准确无误的第一项就出现了误判。因为这个误判，一切都崩塌了。我看着园子，不知道该如何判断自己现在的感觉。

"你一定要回去吗？"

"嗯，一定得回去。"

我甚至有些开心。伪装的机器已经开始了敷衍了事的运转。这种开心不过是因为摆脱了恐惧，但我却把它解释为权力的优越感带来的喜悦，以为自己拥有了一种可以让她焦虑的新权力。

自我欺瞒已然成了我的救命稻草。负伤之人并不要求救急的绷带必须洁净。我想好歹先拎起自己用惯的"自我欺瞒"，绑在心灵的伤口上暂且用来止血，然后再奔向医院。我把那个懒散清闲的工厂想象成管理严格的军营。如果明天我还不回去，就会被关进部队的军牢，接受最严重的惩戒。

出发那天的早晨，我紧紧地盯着园子。就像旅行者盯着即将远离的风景。

我知道一切都结束了。而周围的人却以为一切都才刚开始。而且，我明明还沉溺在大家怀着戒备的善意中，试图骗过自己。

即便如此，园子的平静依然让我感到不安。她一会儿帮我收拾行李，一会儿在房间里跑来跑去认真检查有没有什么落下的东西。今天，又是一个阴天的早晨，嫩叶的绿色格外耀眼。松鼠在人们看不到的地方跑过去，树叶发出沙沙的响声。园子的背影洋溢着一种"等待的表情"，平和又有些幼稚。如果无视流露出这种表情的背影，而直接离开，那简直就像出门不闭户一样。做事认真的我不可能允许自己这么做。我走过去，从背后温柔地抱住她。

"你一定还会来的吧。"

她用一种深信不疑的轻松语气说道。那声音听起来与其说是根植于对我的信赖，不如说是对更深层次的爱情的信任。园子没有号啕大哭，但喘气明显加速，蕾丝下的胸脯剧烈起伏。

"嗯，也许吧。如果我还活着。"

这种话让我差点呕吐。因为我这个年纪的年轻人，一般会这样说：

"我当然会来啊。无论天翻地覆，海枯石烂，我也要排除千难万险来见你的。放心等着吧。你将来是要成为我妻子的啊。"

我的感受和想法中充满了这种奇怪又罕见的矛盾。我之所说出什么"嗯，也许吧"之类的话，采取模棱两可的态度，并非归罪于我的性格。还到不了性格这个层面。我很清楚这不是我的错，但也知道其中的确有我自己的原因。正因如此，我才常常以一种健全的常识性训诫对待自己的那部分原因，甚至到了可笑的程度。作为少年时期就开始的自我锻炼的继续，我死也不愿意变成那种模棱两可、没有男子汉气概、爱憎不分、不懂得爱别人却一味地希望得到爱的人。这对我的那部分原因，的确是一种可行的训诫。但是，对于并非我的那部分原因，则压根儿就是一种不可能的要求。现在这种情况下，即便我拥有参孙[1]的力量，也不可能在园子面前表现出男子汉的明确态度。于是，现在园子眼中的那个名副其实的我，一个优柔寡断的男人形象，勾起了我对这种性格的厌恶，让我否定了自己的所有价值，把我的自负心摔得粉碎。我不再相信自己的意志，也不再相信自己的性格。我只能认为自

1　参孙，圣经《旧约·士师记》第13—16章中的人物，拥有上帝赐予的巨大力量，徒手搏杀雄狮。后来在与非利士人的战争中，被自己喜欢上的非利士女人出卖。

己的意志参与的部分都是虚假的。但是，像这种把重点放在意志上的想法，其实也是一种近似于白日梦的夸张。即便是正常人，也不可能仅仅依靠意志行动。即使我是一个正常人，也没有充分的条件保证我和园子的婚姻一定幸福美满。这样的话，就算是那个正常的我，或许也会回答"嗯，也许吧"。我已经养成了一种习惯——即便对这种浅显易懂的假设，我也会故意视而不见。好像我绝不会放弃任何一个折磨自己的机会。——这是走投无路的人惯用的手段。他们通过这种手段，把自己赶进一个安乐乡，认为自己是不幸的，并安于这种不幸。

园子语气平静地开口说道：

"不用担心。你不会有事的，一定毫发无伤。我每天晚上都会祈祷。我之前的每次祈祷，都很灵验的。"

"好虔诚啊。所以，是因为这个原因，你才一点都不担心？你如此放心的样子，有点儿可怕。"

"为什么这么说？"

她瞪大了乌黑聪颖的眸子。眼神中没有丝毫疑惑。看到她天真无邪的眼神，我顿时感到不知所措，不知道该如何回答。我心中原本燃起一个冲动，想要唤醒仿佛沉睡在安乐乡中的她。但结果却与预料恰恰相反。她的眸子唤醒了沉睡在我内心深处的某种意识。

准备去上学的两个妹妹过来打招呼。

"再见。"

小妹妹要跟我握手。握手的时候,她突然调皮地挠了一下我的手心,然后迅速跑了出去。这时,阳光透过树叶,正巧洒落到她的身上。挂着金色小锁的朱漆便当盒在稀疏的阳光下高高地甩起。

园子的祖母和母亲也来为我送别。于是,我们在车站的离别变得天真烂漫,表面上没有什么特别。我们说说笑笑,装作并不介意的样子。火车很快开了过来。我上了车,坐在一个靠窗的位置。我只有一个希望,就是希望火车快点开动。

这时,从意外的方向传来一个欢快的声音。是在叫我。没错,那是园子的声音。那个熟悉的声音,传到我的耳朵里,似乎变得遥远而陌生,让我吓了一跳。我确定那就是园子的声音。这种意识就像一束晨光照进我的心里。我把视线转向声音的方向,看到她穿过站务员的出入口,抓住连接月台的木栅栏。内裙的大量蕾丝从格子花纹的波蕾若外套下面溢出来,随风飘扬。她睁大眼睛看着我,眼神中闪烁着希望。火车开了起来。园子厚实的嘴唇欲言又止的样子,消失在我的视线里。

园子!园子!火车每摇晃一下,她的名字就会浮现在我的心头。那个名字好像有一种莫名其妙的神秘。园子!园子!每次呼唤这个名字,我的心都变得更加沉重。每当我在心里重复这个名字，剧烈的疲惫就像要惩罚我似的，变得越来越严重。我试图向自己解释，却找不到相似的例子诠释这种透明的痛苦。这种痛苦远远超出了人类正常情感的轨道，我甚至难以把这种感觉当成是一种痛苦。打个比方，就像一个人在烈日下等待正午的午炮声，时间已经过了很久，午炮依然没有鸣响，便只好在沉默的蓝天上苦苦寻找正午的痕迹。这种痛苦是一种可怕的疑虑。全世界只有他一个人知道午炮没有在正午准时鸣响。

完了，完了。我小声自言自语，长吁短叹，就像一个怯懦的落榜考生。完了，完了。我不该留下第 X 题。我要是先做了第 X 题，就不会变成现在这样了。我如果按照自己的方式，和大家一样用演绎法来做人生的数学题就好了。都怪我自己耍小聪明。就因为我用了归纳法，才答错了题。

我神情慌乱，引起了对面一对母女的注意。她们一脸好奇，小心翼翼地打量着我的脸色。女儿穿着一件藏青色的制服，好像是红十字会的护士。她的母亲像是一个贫穷的农妇。我注意到她们的视线，看了护士一眼。这个像红菇娘一样涨红着脸的胖姑娘为了掩饰尴尬，开始央求她的母亲。

"妈，俺饿了。"

"还没到吃饭的时候。"

"俺都快饿死了。哎呀，妈！"

"咋恁不懂事！"

母亲终于经不住女儿的央求,把便当拿了出来。饭菜真的少得可怜,比我们工厂的伙食还差,全都是红薯,除此之外就只有两片腌萝卜了。护士狼吞虎咽地吃了起来。我第一次觉得人类的吃饭习惯看起来竟然如此没有意义。我不由得揉了一下眼睛,马上明白了。我之所以产生这样的感觉,是因为我已经完全丧失了活下去的欲望。

那天晚上,我回到郊外的住处,有生以来第一次认真地考虑自杀。但想着想着,我就厌烦起来,又改变了主意,觉得自杀实在是一件非常可笑的事情。我天生不喜欢失败。而且,周围的很多人都已经陆陆续续地死去,宛若金秋的收获,有人死于战火,有人殉职,有人在战争中病死,有人战死,有人被碾死,有人病死,不一而足。这些死亡的预计名单里,不可能唯独没有我的名字。因此,我就像一个被宣布了死亡的死刑犯,而死刑犯是不会自杀的。想来想去,我发现这并不是一个适合自杀的季节。我等待别人把我杀掉。这其实也就相当于等待别人给我新生。

回到工厂后过了两天,我就收到了园子热情洋溢的来信。那是真正的爱。我开始嫉妒。就像养殖珍珠对天然珍珠的嫉妒,是一种难耐的妒火。可是,这个世界上,真的有男人会因为女人对自己的爱而嫉妒那个深爱自己的女人吗?

……送我离开后,园子骑着自行车去上班。她在单位魂不守舍，同事甚至担心地问她是不是不舒服。处理文件时也弄错了好几次。回家吃了午饭，下午又回去上班，顺便去了一趟高尔夫球场，把自行车停在那里。她看到黄色的野菊花丛被踩坏的地方依然如故。她看到雾逐渐消散，火山的山肌一点点变成黄褐色，泛着明亮的光泽。然后，一团阴暗的雾气好像又要从山谷下面升起来。宛若一对温柔的姐妹的那两株白桦树，摇晃着树顶的叶子，好像隐隐约约预感到了什么，不停地颤抖。

在同一时间里，我坐在回程的火车上，处心积虑地思考如何摆脱自己亲手培育的这份爱。……但是，或许也有那么几个瞬间，我找到了一个最接近真实的可怜借口而得以心安。这个借口就是："我爱她，所以才要离开她。"

后来，我给园子写了几封信。虽然内容上没有什么进展，但也完全没有表现出冷淡。还不到一个月，草野的家人又获准到军中探亲。园子来信告诉我，她哥哥草野调到东京近郊的连队。一家人都会过来探望。软弱催促我与他们一同前往。奇怪的是，我之前那么想离开园子，而现在却又忍不住想去见她了。见面后，看到她依然那么坚贞不渝，我才意识到自己已是面目全非。我跟她已经连一句玩笑话都说不出来了。无论是她本人还是她的哥哥、祖母或母亲，看到我的这些变化，都以为这不过是我老实的性格使然。草野像以前一样温柔地看着我，对我说了一句话，让我打了一个寒战。

"近期我会给你发一份'重大通牒'，敬请期待哦。"

过了一个星期，我周末回到母亲他们避难的郊外，收到了他的信。工整的字迹体现了他的为人和风格，也显示了我们二人坚不可摧的友谊。

……园子的事情，我们全家都是认真的。他们任命我为全权大使，让我来和你谈谈这件事情。开门见山，我就想问问你的想法。

我们一家人都相信你的为人。园子更不用说了。母亲甚至已经开始考虑你们的婚期了。婚礼自然还为时尚早，但订婚的吉日倒是可以先定下来了。

不过，现在这都是我们一厢情愿，最终还得问问你的想法，我们才能商量下一步怎么做。但是，我这样说，绝不是想要绑架你的想法。你只要把你的真实想法告诉我，我就能放心。即便你不答应，我也绝不会怨你，也不会生气。无论结果怎样，都不会影响我们的友情。如果你答应，那我当然很高兴。如果你不答应，我也绝不会怨你。希望你不要有任何心理负担，实话实说就行。千万不要被我们的情分牵绊，也不要冲动地回复我。你只要把我当成你最好的朋友，心里怎么想就怎么说。期待你的回复。

我一脸愕然,慌忙环视了一下四周,唯恐被人看到自己看信时的慌张模样。原以为不可能发生的事态,到底还是发生了。而且,让我始料不及的是,我和他们一家在对战争的感觉和想法上竟有如此大的不同。我现在才二十一岁,还是个学生,在工厂做工,在常年的战争中长大,因此把战争的作用想得过于浪漫了。即便在如此激烈的战争即将迎来失败的状况中,人类行为的指针依然只朝向一个方向。到目前为止,我也一直以为自己在恋爱,可为什么没有注意到这一点呢?我脸上露出奇怪的冷笑,又读了一遍信。

这时,一种司空见惯的优越感开始撩拨我的心。我是胜利者。在客观上,我是幸福的。没有人会指责我。若是如此,那么我应该也拥有侮蔑幸福的权利。

心中充满了不安与令人焦躁的悲伤,可是我的嘴边却挂着一种傲慢而刻薄的微笑。我觉得自己只需要克服一个小小的障碍。我只需要认为迄今为止的几个月都是无稽之谈。我只需要认为自己压根儿就没有爱过园子,没有爱过那种小毛丫头。我只要认为自己只是被一种小小的欲望驱使(说谎!)欺骗了她就好了。拒绝,不需要什么理由。只是接吻,又不需要负什么责任。——

"我根本不爱园子!"

这个结论让我开心到了极点。

真是精彩绝伦。我引诱了一个自己不爱的女人，成功变成了一个始乱终弃的男人。这样的我，与那些正直的卫道士真是相差太远了。即便如此，有一个道理我也不可能不知道。那就是世上所有的魔鬼，只有在达到目的后，才会抛弃女人。我闭上眼睛。我像一个顽固的中年女人，养成了掩耳盗铃的习惯。

接下来，我只需要做一些可以阻止我们结婚的事就可以了，就像阻止情敌和别的女人结婚那样。

我打开窗，喊了一声母亲。

夏天炽热的阳光照着广阔的菜园，发出耀眼的光芒。菜园里的西红柿和茄子骄傲地仰着头，顽强地反抗着夏日的骄阳。太阳厚厚地在它们遒劲有力的叶脉涂上了一层炽热的光。植物旺盛而阴暗的生命力淹没在一望无际的菜园的光辉下。对面有一片神社的森林，阴沉着脸看着这边。郊线电车时而从看不见的远方的洼地上开过，引起地面温柔的颤动。接电杆漫不经心地推着电线。每当这个时候，就能看到电线的光忧郁地摇晃。夏日的蓝天上，飘着厚厚的白云。电线会漫无目地地摇晃一段时间，仿佛没有什么意义，又仿佛意味深长。

一个系着蓝色丝带的大草帽从菜园的正中央站了起来。是母亲。舅舅（我母亲的哥哥）的草帽没有回头，就像一株折断的向日葵站在那里，一动不动。

自从开始这样的生活，母亲稍微晒黑了一些。从远方看时，洁白的牙齿非常醒目。她走到一个声音差不多能传过来的地方，像个孩子一样扯着嗓子喊了起来。

"干吗呀，要是有事你就过来嘛！"

"我有很重要的事啦。你过来。"

母亲一副不情愿的样子，慢吞吞地走过来。手里的篮子里装满了成熟的西红柿。然后，她把篮子放在窗台上，问我有什么事。

我没有把信拿给她看，只是简明扼要地说了一下信的主要内容。说着说着，我开始迷惑起来，不知道自己为什么要把母亲叫过来了。我感觉自己说的一切，不过是为了说服自己而已。比如说，父亲神经质而且性格挑剔，若在一个屋檐下生活，我未来的妻子肯定会受委屈。虽说如此，现在我又没有能力安置一个新家。比如说，我家传统拘谨的家风和园子家开明开放的家风不太匹配。又比如说，我自己也不想这么早娶妻束缚住自己，那样太累了……

我一口气列出很多司空见惯的坏条件。我希望听到母亲固执的反对意见。但是，我的母亲却是一个性格无比宽容而平和的人。

"我有点不太明白。"母亲好像并没有太深入地思考，中间插嘴问道，"那你到底是什么感觉呢？喜欢还是讨厌啊？"

"这个嘛，我……"我停顿了一下，继续说道，"我并没有太认真啊。本来只是想随便玩玩的。可对方却认真起来，真是难办啊。"

"那事情就简单多了。把事情说清楚,对双方都好。反正人家也只是想问问你的意思。写封回信把你的意思说清楚就好了……我得走啦。你没什么事儿了吧?"

"嗯。"

我轻轻地叹了一口气。母亲走到玉米秆形成的简易篱笆门前,又迈着小碎步回到窗边。她的脸色和刚才稍微有点不一样。

"对了,刚才的事啊……"母亲看我的眼神,像是看着一个陌生人,或者说就像一个女人看着一个陌生的男人。"……你该不会……已经把人家……你们俩已经该不会……"

"妈,你真是的,别瞎说啊。"我笑了起来。我感觉自己脸上泛出有生以来最苦涩的笑容,"你觉得我会做那种傻事吗?我就那么不靠谱吗?"

"我明白啦。我只是跟你确认一下。"——母亲的脸上又恢复了明朗的笑容,尴尬地收回自己刚才的话,"当妈的活在这个世上,就是担心这种事啦。别担心。妈是相信你的。"

——那天晚上,我写了一封就连我自己都觉得不自然的信,委婉地表达了拒绝。理由是事出突然,自己还没做好心理准备。第二天从工厂下班回来的路上,我去邮局寄信时,邮局的女职员一脸不可思议地看着我颤抖的手。我也盯着她,看着她抬起粗糙肮脏的手掌，机械地在信封上盖上邮戳。看到我的不幸被如此机械地对待，我心中稍感宽慰。

空袭转向了中小城市。看起来好像暂时解除了生命的威胁。学生们之间开始流行主张投降的论调。年轻的副教授常常陈述一些有暗示性的意见，以此博取学生的欢心。看到他陈述一些质疑的观点时，肉嘟嘟的小鼻子表现出一副心满意足的神气，我就会暗自心想：我才不会被你骗呢。另一方面，对于那些至今仍然相信日本会赢取战争胜利的狂热群众，我也白眼相向。战争胜利也好，失败也罢，都跟我没有任何关系。我只是想重生罢了。

不明原因的高烧让我回到郊外的家里。我高烧不退，迷迷糊糊地盯着天花板，像念经一样在心里小声呼唤园子的名字。后来终于能起身的时候，听到了广岛全境被炸毁的消息。

最后的机会来了。人们纷纷传说，敌人的下一个目标就是东京了。我穿着白衬衣和白裤子在大街上走来走去。每个人脸上都洋溢着开朗的笑容，走在自暴自弃的尽头。时间一点点地过去了，什么事也没有发生。就像不断按压一只吹得鼓鼓的气球，期待它爆破的瞬间那样，社会上到处洋溢着一种欢欣鼓舞的气氛。即便如此，依然什么事情都没有发生，只有时间在一点点地流逝。若是这样的日子持续十几天，我很可能就会疯掉。

一天，突如其来的高射炮炮击之后，潇洒的飞机从夏日的蓝天上撒下了传单。是关于日本政府提出投降的新闻。那天傍晚，父亲下班后直接来到我们郊外的借住处。

"传单上写的，都是真的。"

——他穿过院子，坐到走廊上，第一句话就是关于这件事。然后他把一份英文原文复印件拿给我看，说是消息来源可靠。

我接过那份复印件，还没顾得上瞥一眼，就明白了一个事实。这个事实不是日本战败，而是恐怖的日子即将开始。这是对于我来说的，仅仅是对于我来说而已。这个事实就是，无论我的意愿如何，从明天开始我都将开始人类的"正常生活"。"正常生活"这几个字本身就足以让我浑身颤抖。此前我一直都在欺骗自己，以为这样的"正常生活"永远也不会到来。

第四章

意外的是,我担心的"正常生活"始终没有要开始的迹象。这是一种内乱。人们变得比战争时期更加不考虑明天了。

借给我制服的大学学长从军队复员归来。我把制服还给了他。然后,我甚至产生了一种错误认识,以为自己已经从回忆或过往中解脱了出来。

我妹妹死了。通过这件事我才发现自己原来也会流泪,并因此获得了一种肤浅的安堵。园子通过相亲和一个男人结了婚。我妹妹死后不久,她就举行了婚礼。我大概可以把这称为"卸下了包袱"吧。我在内心对自己欢呼,自负地认为这是我抛弃她的必然结果,而不是她抛弃了我。

我把命运强加给我的东西牵强附会地理解成自己的意志或理性的胜利。这种多年养成的坏习惯,已经到了一种疯狂傲慢的程度。被我定义为理性的这个东西的特质中,有一种不道德，以及因疯狂的偶然而窃取王位的篡位者的虚伪。这个像驴一样愚蠢的篡位者甚至没有想过自己愚蠢的专制将会招致人民的复仇，也从没有想过其后果。

接下来的一年里，我过得浑浑噩噩，而且盲目乐观。敷衍了事地学习法律知识，按部就班地上学，按部就班地放学回家……我对什么都提不起兴趣，什么也不想听。我像年轻的僧侣一样学会了深谙世故的微笑。既没有活着的感觉，也没有死了的感觉。我好像已经忘记，那种天然自然的自杀（死于战争）愿望已经不再可能实现。

真正的痛苦都是在不知不觉间慢慢地到来。就像肺结核这种病，当病人已经能自己感觉出症状的时候，大多都已经病入膏肓。

一天，我来到一家书店，站在新刊书籍越来越多的书架前，取下一本装订粗糙的翻译书。那是一本戏谑风格的法国作家随笔集。随便翻开一页，其中的一行字刺痛了我的眼睛。心中生出一种令人不快的不安，我把书放回了书架上。

第二天早晨，我临时起意，上学的路上顺便去了一趟位于学校正门附近的那家书店，买下了那本书。民法课开始上课后，我打开笔记本，偷偷地把那本书放在旁边，寻找昨天看到的那一行字。它比昨天给我带来了更加清晰的不安。

……女人变强大，仅仅是因为她的不幸，并要因此去惩罚她的情人。

我在大学里有一个要好的朋友。他是一家著名糕点店的少东家。表面上是个勤勉老实的学生，一点也不有趣，但对人类或人生总流露出一副玩世不恭、冷嘲热讽的态度，而且和我一样体弱多病，这些引起了我的共鸣。出于自我防卫而且为了虚张声势，我学会了犬儒的作风，而他的这种作风则是根植于一种更加坚定的自信。我不知道他的自信来自哪里。过了一段时间，他发现我竟然还是童子身，便以一种高高在上的自嘲口吻和优越的态度，向我坦白自己曾去过妓院。然后，他向我发出了邀请。

"想去的时候给我打电话。随时奉陪。"

"嗯，等我想去的时候吧……可能……很快啦。很快我就会下定决心啦。"

我回答道。他不好意思地哼了一下鼻子。他的表情似乎表明他看穿了我现在的心理状态，而且想起了与我一样的当年的他自己。这种羞耻的感觉又通过我返回到他身上。我焦躁起来。这是我一贯的焦躁。我急切地希望自己在他眼中的状态和自己在现实中的状态合二为一。

所谓洁癖，是欲望要求的一种任性。我真正的欲望，原本是一种隐秘的欲望，根本不允许这种正面的任性。而我假想的欲望，也就是我对女人单纯且抽象的好奇心，又被赋予了一种冷淡的自由，没有任何任性的余地。好奇心不分善恶好坏。这大概是人类拥有的一种最不道德的欲望。

我开始了痛苦的秘密训练。我盯着女人的裸体照测试自己的欲望。——结果不言自明，我的欲望根本无动于衷。以前犯那种"恶习"的时候，我会首先放空自己，然后再想象女人最淫荡的姿态，尝试着让自己习惯。有时感觉好像成功了。但这种成功总是让我感到无比扫兴。

——我决定试一试，给他打了个电话，约他周日下午五点在茶楼见面。那是战争结束后第二个新年的正月中旬。

"你终于下决心啦。"他在电话那头哈哈大笑，"好，去吧。我一定奉陪。可是你要是放我鸽子，我可不会饶了你。"

——他的笑声在我耳边回荡。而为了与之对抗，我所能做的，只能是在脸上浮现出没有人注意的僵硬笑容。纵然如此，我心中仍怀着一丝期待，或者说是一种迷信。那是一种危险的迷信。只有虚荣心能让人去冒险。而让我决定冒险的，则是一种常见的虚荣心，那就是自己已经二十三岁了，不想让人觉得自己还是童子身。

这么一说，我才想起来，我下定决心的那一天正是我的生日。

我们用一种试探的表情看着对方。他知道自己今天无论是一本正经还是哈哈大笑,都会同样可笑,所以只是扬起暧昧的嘴角,不停地吞云吐雾。他就这样一边抽着烟,一边对这家店的点心挑肥拣瘦。我心不在焉地听着,然后对他说道:

"你也有思想准备吧?带人第一次去那种地方,只有两种下场。要么你变成他一辈子的好朋友,要么变成他一辈子的敌人。"

"你别吓唬我。你都看到了,我胆子很小的,可当不起人家一辈子的敌人。"

"你有自知之明就好。"

我故意盛气凌人地说。

"言归正传。"他摆出一副司仪的样子,说道,"去之前,我们得先找个地方喝点酒。你是第一次,如果不喝点酒壮胆,可能有点困难。"

"不,我不想喝。"——我感到自己的脸颊冰冷,"去之前我肯定不会喝酒的。这点胆量我还是有的。"

然后,我先坐上昏暗的都营电车,又转了一趟昏暗的私营电车,最后来到一个陌生的车站。出了站,走进一个陌生的街区,那里杂乱无章地矗立着很多简陋的木板房。女人的脸在紫色或红色的灯光下,活像纸糊的人偶。霜已经化了,地面上湿漉漉的。嫖客们默默地走在泥泞的小路上,好像光着脚似的,发出轻轻的脚步声。我的心中没有欲望,只有一种不安在不停地催促着我,就像一个向大人讨要零食的孩子。

"去哪家都行，随便哪家都行啦！"

大爷……来呀，快来呀……女人做作的声音令人窒息。我想迅速逃离。

"这家馆子里的女人有点危险。你听我的。你看长得那是什么样子？也太差劲了。那家的姑娘比较保险。"

"长什么样都无所谓啦。"

"要这么说的话，那就这家吧。我就选一个相对好看点儿的。过后你可别埋怨啊。"

——我们走到近旁，两个女人像被狐狸附身了似的站了起来。这家妓馆的房间低矮狭小，站起来头都能碰到天花板。一个女人张开嘴，露出镶金的牙齿和牙根，操着粗鄙的东北腔，把我诱拐到一个大约只有五六平方米的小房间里。

义务观念让我抱住了女人。我抱住她的肩膀，亲吻她的嘴唇。这时她摇晃着肥厚的肩膀哈哈大笑起来。

"这样不行，口红都粘你脸上啦。得这样亲。"

妓女张开镶着金牙、涂着口红的大口，伸出像棍棒一样有力的舌头。我也学着她的样子伸出舌头。舌尖触碰在一起。……没有人知道，所谓没有感觉其实更像一种强烈的疼痛。我感觉浑身麻痹，感觉到强烈的疼痛，一种完全感觉不到的疼痛。我躺了下来。

十分钟后，结果证明了不可能。耻辱让我的双腿抖个不停。

在接下来的几天里，我假设朋友没有察觉，沉浸在一种痊愈的情感中，而且自甘堕落。就像一个一直担心自己得了不治之症的人，在得知自己确实患病并被告知病名后，反而感到一种暂时的安堵。当然，他也知道这种安堵不过是暂时的。他的心开始等待一种更加全方位的绝望，以及因这种绝望而带来的永恒的安堵。我也期待着遭受一种更加全方位的打击，也就是得到一种更全方位的安堵。

之后的一个月内，我和那个朋友在学校里见过几次。我们都没有提上次的事。过了一个月，他带了一个我也熟悉的朋友。这个朋友颇有女人缘，而且喜欢炫耀，经常跟我们吹牛，说自己只需要用十五分钟就能搞定一个女人。然后，话题很快就掉进了预想的结论里。

"我实在受不了了。我真的拿自己没办法。"——这个颇有女人缘的朋友盯着我，说道，"如果我的朋友中有人是性无能，我真的会羡慕他的。不，岂止羡慕，甚至可以说尊敬。"

见我变了脸色，另一个朋友岔开了话题。

"你答应借给我普鲁斯特的书的。有意思吗？"

"嗯嗯，很有意思。普鲁斯特是个索多玛[1]。他跟家里的男

---

[1] 索多玛(Sodom)，圣经中的城市名。据圣经记载，索多玛为盛行男风的淫乱之城，也用来指被认为违反社会伦理与道德的男同性恋爱与性行为，并引申为"邪恶""淫乱""异端"之意，参考小说开头《罪与罚》的引文。此处意为同性恋者，娈奸者。

仆发生过关系。"

"索多玛是什么意思?"

我佯装不知,问了一个小小的问题,以此当作救命的稻草。我意识到自己在拼命挣扎,试图借助这个小小的问题发现一些蛛丝马迹,从反面证明对方没有发觉我的失态。

"索多玛就是索多玛啊。你不知道吗?就是男风啊。"

"我还第一次听说普鲁斯特是这样呢。"

——我感觉到自己的声音在颤抖。如果我现在表现出生气的样子,那就相当于给对方提供了确证。这种表面上的平静令人羞愧,我却能够忍耐。这让我觉得自己莫名地可怕。那个朋友很明显已经察觉到我的问题。大概是我的心理原因,我总感觉他一直在躲避我的视线。

晚上十一点,这两个可恨的访客离开后,我就一直躲在自己的房间里,彻夜未眠。我低声啜泣起来。最后,血腥的幻想又像往常一样出现在我的脑海中,安慰了我。我把自己完全交给了这个对我来说最为亲密却残忍无道的幻影。

我需要安慰。我明明知道聚会只会留下没有意义的对话和令人扫兴的余味,但我仍然经常去以前的朋友家参加聚会。和大学里的朋友不同,这里的人都爱装腔作势,反而让我感到轻松。贪慕虚荣的千金小姐,未来的高音歌唱家或钢琴演奏家,新婚的年轻贵妇等等。我们或者跳舞,或者喝点酒,或者做一些或无聊或卑俗的游戏，聚会有时会一直持续到第二天早晨。

快天明的时候，我们经常跳着舞就睡着了。我们玩抢坐垫的游戏驱除睡魔。大家把坐垫铺在地上，拉着手围成一个圈，随着唱片的音乐边转圈边跳舞。音乐突然停下时，一男一女同时抢坐一个坐垫，落单的人就要表演节目。站着跳舞的人要同时坐到地上的坐垫上，大家你推我搡，非常热闹。玩过几次后，女人也都变得无所顾忌。就连最漂亮的那位千金小姐也跟着推推搡搡，有时一屁股蹲在地上，就连裙子翻到大腿上面都浑然不觉。也许是因为已有几分酒醉，不仅浑然不觉，还坐在地上傻笑。大腿白得耀眼。

若是以前，我一定又开始了一刻也不曾忘记的表演，像别的青年一样为了克制自己的欲望，慌忙转开视线。但是，自从经历了上次那件事之后，我就和以前的自己有所不同了。我心中没有了任何羞耻感——我对那些人性自然都会感到羞耻的事情，不再感到丝毫羞耻。我盯着女人白皙的大腿，就像看着普通的自然物一样，没有任何感觉。然后，我感觉到一种因凝视而产生的痛苦，一种锁紧的痛苦。痛苦这样告诉我："你不是人类。你不能和人交往。你不是人类，你是一种悲哀的奇怪生物。"

正巧赶上官僚录用考试。我开始了枯燥乏味的应试学习，也就自然远离了那些让我身心备受煎熬的琐事。但是，也就刚开始的时候暂时得到了解脱。那一夜带给我的无力感朝着生活的每一个角落蔓延。我变得郁郁寡欢，一直持续了好几天。我需要证明自己是有某种能力的，这种需要一天比一天迫切。如果证明不了，我觉得自己可能就活不下去了。虽说如此，与生俱来的非道德手段却无处可寻。在日本这个国家，即便是以稳妥的合法形式，也没有任何机会可以满足我异于常人的欲望。

春天来了。我平静的外表下积蓄了疯狂的焦躁。狂风里夹着沙尘，让我感觉季节本身似乎对我怀有敌意。每当汽车擦身驶过，我就会在心中朝它破口大骂："怎么不轧死我?!"

我主动要求自己进行高强度的学习和高强度的生活。在学习的间隙到大街上散步时，我布满血丝的眼睛曾数次感受到别人不可思议的眼神。在大家眼中，我如此认真勤奋，然而我却感受到一种腐蚀性的疲劳，其中夹杂着自甘堕落，放浪形骸，没有未来的生活，以及无可救药的怠惰。然而，在春天行将结束的一个午后，我在电车上，突然感到一种令人窒息的清冽的悸动。

我坐在座位上，透过前方几个乘客的肩膀，看到了对面座位上的园子。我看到了她的眼睛。清纯稚嫩的眉毛下，一双眼睛温柔似水。眼神直率而且谨慎。我差点站起身来。这时，站在我面前的一个乘客突然松开吊环，朝车门走去。我可以直接看到女人的脸了。这才发现，那其实不是园子。

我的心依然在怦怦直跳。若把这种悸动解释为惊愕或羞愧的悸动，那倒是简单。然而这种解释却无法否定那一瞬间的纯洁感动。三月九日那天早晨在月台上看到园子时的感动突然浮现在我的心头。这次的悸动与那次一模一样，没有区别。因为那简直就像一种足以将我击倒在地的悲伤。

这些琐碎的回忆难以忘怀，让我在接下来的几天里变得无比亢奋。不可能！我不可能还爱着园子！我不可能爱女人的！这种反省反而变成了一种具有唆使意味的抵抗。然而，直到昨天为止，这种反省都还是我唯一忠实而顺从的奴仆。

这样的回忆突然把权力取回我的心里。就像一场政变，它采取了一种明显痛苦的形式。两年前，我明明已经收好的那些琐碎回忆，现在宛若一个长成了庞然大物的私生子，出现在我的眼前。这些回忆，不是我当时假想的甜蜜，也不是后来我为了方便整理回忆而形成的事务性风格。回忆的每一个角落，都充斥着清晰而悲伤的调子。如果说这是一种悔恨，那么很多先人一定已经为我找到了忍耐的方法。然而，这种痛苦甚至不是悔恨。它是一种非常强烈的痛苦，那种感觉就像是被人强迫着站在窗边，俯瞰盛夏的烈日隔开下方的街区。

到了梅雨时节。一个阴沉沉的午后，我出门办事，顺便去了一趟平常不太踏足的麻布镇。正在闲逛时，我听到背后有人叫我的名字。是园子。我回头发现是她的时候，并没有像在电车里认错人时那样吃惊。这次偶遇非常自然，我甚至感觉自己已经预知了一切,感觉自己从很久以前就已经预知了这一瞬间。

她穿着一件连衣裙,花纹像美丽的壁纸,除了领口镶着蕾丝边,身上没有任何别的佩饰。没有一点已嫁为人妇的感觉。她手里提着篮子,好像刚从配给处回来,身边跟着一个同样提着篮子的嬷嬷。她打发嬷嬷先走,然后和我边走边聊。

"你有点瘦了呢。"

"啊,都是因为备考啊。"

"这样啊。那你要注意身体。"

我们沉默了一会儿。幸免于战火的居民区的大街上行人稀疏,淡淡的阳光照在街道上。一只鸭子从一户人家的厨房后门跑出来,摇摇摆摆地跑过来,嘎嘎叫着从我们面前走了过去,沿着沟渠走向远方。我感到了幸福。

"你现在在读什么书?"

"小说吗?《食蓼虫》[1],还有……"

"没有读 A 吗?"

---

[1]《食蓼虫》,谷崎润一郎的长篇小说,创作于1928年。小说的主人公要和他的妻子结婚十几年后,已经没有了感情,各自都有了新欢。要的情人是一个混血的娼妓,然而有一天,随岳父看了一次木偶净琉璃之后,他在木偶戏中发现了"永远的女性美",喜欢上岳父的小妾,为她身上的传统美而着迷。这部作品被认为是谷崎润一郎文学由现代主义向日本古典的回归。

我说了一部现在流行的小说的名字。

"就是那个裸体女人？"她说道。

"啊？"我吃惊地反问。

"讨厌啦……就是那本书的封面嘛。"

——两年前的园子，绝不可能当着我的面说出"裸体女人"这样的话。从这些只言片语，我清楚园子已不再纯洁。走到拐角处，她停下了脚步。

"从这里拐过去，前面走到头就是我家。"

我不忍分别，垂下视线盯着她手里的篮子。满满的一篮子魔芋，就像海水浴场中被阳光晒得黝黑的女人的皮肤。

"被太阳照太久，魔芋会坏掉吧。"

"是啊。我真是责任重大呢。"园子自豪地大声说。

"再见。"

"嗯，保重。"她转过身去。

我叫住她，问她会不会回娘家。她听了，漫不经心地回了一句：这周六就回。

我们分开后，我才意识到一件很重要的事。看今天她的样子，好像是已经原谅了我。她为什么会原谅我呢？还有什么比这种宽容更大的侮辱？但是，如果能再一次明显地遭到她的侮辱，或许我的痛苦就能得到缓解。

我迫不及待地等待周六的到来。刚好草野也从京都的大学回到家里。

周六下午,我去了草野家,正和草野聊天,这时听到了钢琴声。我不由得怀疑自己的耳朵。那钢琴声不再幼稚,而变成了一种富饶奔放的音乐,丰满充实而且闪烁着光芒。

"这是谁?"

"是园子啊。她今天回来了。"

一无所知的草野回答道。我内心怀着痛苦,逐一唤醒了所有的回忆。那之后,草野对我的委婉拒绝只字不提。他的善良让我心情无比沉重。我希望找到园子当时曾受到伤害的蛛丝马迹,用以对应我的不幸。但是,"时间"在我、草野和园子之间像杂草一样蔓延,茂密生长,已经不允许我们再向对方逞强、炫耀或者坦率地进行情感的表白。

钢琴声停了下来。善解人意的草野提出把妹妹叫过来。过了一会儿,园子就跟着哥哥走进了这个房间。她的丈夫在外务省工作,而我们三人在外务省有几个共通的朋友,于是便一边说着他们的闲话,一边没有意义地哈哈大笑。过了一会儿,草野被他的母亲叫走了。房间里又像两年前一样只剩下我和园子。

她像个孩子似的,骄傲地告诉我,是因为她丈夫多方周旋,草野家的家产才没有被占领军没收。从她还是个少女的时候,我就喜欢听她自夸。过于谦逊的女人和过于傲慢的女人一样没有魅力。而园子恰到好处的自夸,总是流露出一种天真可爱的女人味。

"喂。"她平静地继续说道,"我一直想问你一件事,之前一直没能开口。我们到底是为什么没能结婚呢?我从哥哥那里得知你的回信后,就一直不明白,不知道这个世界到底怎么啦。我怎么也想不明白。到现在我也不知道我为什么没能和你结婚……"把稍微翻红的脸转过来,看了我一眼,好像有些生气似的。然后,她又一边扭过头去,一边像朗诵似的一字一顿地说道:"……你是讨厌我吗?"

这种直截了当的问题,听起来不过是一种事务性的盘问,却让我产生了一种伴随着剧痛的喜悦。但是,这种放荡不羁的喜悦很快又转化为痛苦。那是一种非常微妙的痛苦。除了原来的痛苦之外,还有因两年前的旧事被重新提起而带来的自尊心的伤害,以及这种伤害带来的痛苦。我想在她面前做到自由洒脱,但现在我还没有那种资格。

"你还是一点都不了解这个社会。你的优点就是不谙世事。不过,在这个世界上,不是相爱的人就一定能结婚的。就像我给你哥哥在信里写的那样……"我感觉自己要说出一些女里女气的话来。我不想说出来,却没有办法阻止自己,"……而且,我在信里根本没有明确地说我们不能结婚啊。当时真的太突然了,我才二十一岁,还是个学生。还没等我回过神来,你就已经嫁为人妻了呀。"

"不过我也没有什么权利吃后悔药啦。我丈夫很爱我,我也很爱他。我现在真的很幸福,可以说已经别无所求了。可是,我也不知道为什么啊，这种想法可能不好，只是偶尔……怎么说呢，就是偶尔我会想象着另外一个我，希望过另外一种生活。这样一想，就想不明白了。我感觉自己要说出不该说的话，想不该想的事。感觉很可怕。这种时候，我丈夫就是我的依靠。他总是把我当成小孩一样疼我。"

"我这么说好像有点自恋，但我还是要说一下。这种时候，你是恨我的。非常非常恨我。"

——园子甚至没有听懂"恨"这个字的意思。她一脸温柔又一本正经，故意噘起嘴来说道：

"随便你怎么想啦。"

"我们还能再单独见一次面吗？"——我近乎哀求似的说道，"完全不是出于愧疚。只是因为，我只要看到你，就能放下。我已经没有资格说任何话了。什么都不说也行。就三十分钟也行。"

"见面做什么呢？见了面，到时你不会说还要再见一次吧？我婆婆管得很严，什么时候出门去哪儿，她都要一一过问的。要是我这样偷偷摸摸地见你……"她欲言又止，停顿了一下，然后说道，"说不好别人会怎么想啊。"

"那的确是不好说啊。不过，你还是像以前一样夸张呢。想问题的时候，怎么就不能大大咧咧一点，积极乐观一些呢？"

"……男人是无所谓啦。但是，对于已婚的女人来说，那可就不行了。你要是有了妻子，也一定会明白的。我觉得考虑问题的时候，还是越慎重越好的。"

"简直像大姐一样说教呢。"

草野走了进来，打断了我们的谈话。

在我们聊天的时候，我心中升起了无尽的狐疑。我向天发誓，我说想见园子，是发自内心的。但显而易见，想与她见面的这个欲望里面，没有一点肉体的欲望。那么，这个欲望到底是什么样的欲望呢？缺乏肉体欲望的激情，难道不是一种自我欺骗吗？即便这是一种真正的激情，也不过是特意撩拨原本很容易熄灭的小火苗，并以此炫耀。还有，不根植于肉体欲望的恋爱，真的可能吗？这难道不是一种显而易见的悖论吗？

但是，同时我又觉得，既然人的激情拥有一种可以超越所有悖论的力量，那么我们又有什么理由否定它可以超越自身的悖论呢？

* * *

自从那决定性的一夜之后，我就一直巧妙地躲避着女人。那一夜之后，我再也没有碰过任何女人的嘴唇，更别说能够勾起我真正的肉体欲望的 Ephebe。即便在那种从礼貌上来说应该亲吻对方的场合，我也会避开。——夏天来了。炎热的夏天带来了比春天给我的孤独更大的威胁。盛夏朝着我奔马一般的肉欲甩下皮鞭。它灼伤并折磨着我的肉体。为了保全自己，我甚至在一天之内犯下五次恶习。

赫希菲尔德将性倒错现象解释为一种单纯的生物学现象，这一学说让我茅塞顿开。那决定性的一夜是必然的结果，我根本不必为这个结果感到羞耻。我在想象中对 Ephebe 的嗜欲，从未指向 Pedicatio[1]，已经固定为一种形式，而这种形式被研究者证明具有同等程度的普遍性。他的研究表明，在德国人中，拥有我这种冲动的人并不是少数。普拉滕伯爵[2]的日记是一个最为显著的例子。温克尔曼[3]也是如此。在文艺复兴时期的意大利，米开朗琪罗也明显拥有与我相同性质的冲动。

但是，我的内心世界并未因为对这些科学知识的了解而变

1　Pedicatio，源于古拉丁语，指男同性恋性行为的一种方式，肛门性交。
2　普拉滕伯爵(August von Platen-Hallermünde, 1796—1835)，德国新古典主义诗人，曾与海涅有过激烈的争论。暂无其日记中文译本。但海涅曾在《卢卡浴场》的最后揭露其为同性恋者，这样写道："男人这个字眼对他来说压根儿不适用。他的爱带有一种毕达哥拉斯式的被动性质。在诗中，他满怀被爱的渴望，他是一个女人，一个从女人味的东西中得到快感的人，一个男性的女同性恋者。这种怯生生的柔顺的天性使他所有的爱情诗变得低三下四。他总能找到一个新的漂亮男友……"[见《海涅全集》(第6卷)，河北教育出版社，2003]
3　温克尔曼(Johann Joachim Winckelmann, 1717—1768)，德国美学家，其美学思想对席勒和歌德等产生了重要的影响，著有《论古代艺术》《希腊人的艺术》等。

得井井有条。性的倒错难以成为现实，也是因为我的这种冲动仅仅停留在肉体的层面，是一种徒然呼喊与喘息的暗流。我也仅仅能从自己喜欢的 Ephebe 身上感受到肉体的欲望。说得通俗一点，那就是我的灵魂依然属于园子。我不会简单地相信所谓灵肉相克的中世纪图示。我这么说只是为了方便进行说明。之于我，这两种东西的分裂是单纯而且直接的。园子就像是我对正常、对精神、对永恒的爱的化身。

但仅仅如此，问题依然无法解决。感情不喜欢固定的秩序。它就像太空中的微粒子，喜欢自由自在地飞来飞去，来回浮动，不停地战栗颤抖。

……过了一年，我们梦醒了。我通过了政府的官员录用考试，大学毕业后被分配到一个政府部门任职事务员。在这一年期间，我们有时假装偶然相遇，有时以并不太要紧的事情为借口，每隔两三个月就会见上一次。而且每次见面都是约在中午，大约见面一两个小时。什么事情都不曾发生，仅仅见面而已。我举止大方得体，无论被谁看见都不会觉得难为情。园子也只是说一些过去的回忆，或者小心翼翼地揶揄一下我们现在各自所处的环境，除此之外没有涉及过别的话题。我们这种程度的交往，根本算不上是"有染"，甚至很难说是"相关"。每次见面之后，也从未依依不舍。

我对此感到满足。不仅如此，我甚至在内心感谢这种断断断续续的关系给我带来的神秘的富饶。我每天都想着园子，每次见面的时候都能享受到平静的幸福。约会的微妙紧张感与纯洁的平衡感扩展到生活的每一个角落。虽然看起来非常脆弱，却给生活带来了一种极端透明的秩序。

但是，一年过后，我们梦醒了。我们都已经不住在孩童的房间，而都住进了大人的房间。因此，必须修一下这扇半开半掩的房门。我们之间的关系，就像这扇只能打开一半的房门，或迟或早需要修理。而且，大人也不可能一直像孩子一样忍受这种单调无聊的游戏。回过头去，从整体上看我们的几次约会，发现那不过是简单的机械重复，就像叠在一起的几张扑克牌，大小与厚度都完全一样。

在这样的关系中，我尽情地品味着只有我自己才能体会到的邪恶的愉悦。这种不道德是一种比世间一般的不道德更加微妙的不道德，是一种像毒一样精致的恶。我的本质，我的第一要义是不道德，所以，所有道德性的行为、问心无愧的男女交往、光明正大的手续、被视为德行高尚的人等等，反而以一种深藏于不道德的味道、真正的恶魔的味道诱惑着我。

我们互相朝对方伸出手，支撑着某种东西。但那个东西其实就像是空气，信则存在，不信它即会消失。它的存在基础似乎很朴实，实际上则需要缜密的估算。我让一种人工性的"正常"出现在那个空间里，引诱园子一起进行一种危险的作业，试图在每一个瞬间支撑起几乎完全虚构的"爱"。她好像也在不知情的情况下协助了这个阴谋。她不知情，所以可以说她的协助是有效的。但是，总有一天，园子会感觉出这种难以名状的危险，而且这种危险与世间一般的危险完全不同，它拥有一种准确的密度，一点都不粗糙，有一种难以摆脱的力量。

夏末的一天，园子从高原的避暑地回来，和我约在一家叫作"金鸡"的餐馆见面。一见面，我就跟她说了自己从政府辞职的原委。

"接下来有什么打算？"

"随缘啦。"

"真有你的。"

她没有继续追问。我们之间形成了这种不成文的规矩。

在高原烈日的曝晒下，园子的肌肤已经不像以前那样白皙，胸口那块的部分失去了耀眼的光泽。因为天气炎热的缘故，戒指上的大颗珍珠蒙上了一层忧郁的雾气。她高亢的声音原本就像一种夹杂着哀伤与倦怠的音乐，听起来很符合这个季节的节奏。

我们又聊了一会儿。不过是随便的闲聊，说的都是一些不痛不痒的车轱辘话。或许是天热的缘故，有时候听起来好像有些心不在焉，感觉就像在听别人聊天。这种心情，就和一个做了美梦的人刚刚醒来时的心情一样。焦躁地试图再次睡着，重新回到梦里，越着急越睡不着，再也回不去了。那是一种令人扫兴的觉醒的不安，刚刚从美梦中醒来时的空虚的愉悦。我发现这些东西就像一种致病的细菌，腐蚀着我们的心。病几乎就像事先约好了一样同时来到我们两个人的心里，而它的反作用则让我们开心起来。你一言我一语，我们互相开着玩笑。

园子梳着高挑优雅的发型，晒黑的脸庞扰乱了她的静谧。即便如此，稚嫩清秀的眉毛、温润水灵的眼睛和有些厚实的嘴唇依然流露出安详的样子。餐馆里的女客从桌边经过时，都会忍不住看她一眼。服务员走来走去，手上端着银色的盘子，上面放着天鹅形状的大冰块和冰点心。她手上戴着亮晶晶的戒指，轻轻地碰响了塑料提包的卡子。

"感觉无聊了吗？"

"讨厌，别这么说啦。"

她的声音听起来有一种莫名的倦怠。也不妨将其称作"娇嗔"。她把视线转向窗外夏天的街道，慢慢悠悠地说道：

"有时候我就不明白，我这样来见你，究竟是为什么呢？明明不知道为什么，最后还是来见你。"

"至少不是没有意义的负数吧。一定是没有意义的正数。"

"可我是有夫之妇啊。即便是没有意义的正数，也'正'不到哪里去啊。"

"好无聊的数学问题。"

——我明白了，园子终于来到了疑心的大门口。她已经开始察觉到问题。那扇只能打开一半的门,不能这样继续搁置不管了。这种认真的敏感,也许是现在我和园子之间最大的共同感受。我还年轻,远没有到可以放下一切的年龄。

即便如此,我还是在不知不觉间把一种难以名状的不安传染给了园子,而且或许只有这种不安的氛围是只属于我们两个人的。感觉就像突然间有一个明证把这个事态推到了我的眼前。园子又开始这样说了。我不想听。可是我的嘴却不由自主地说出轻佻的回答。

"我们如果这样继续下去,你觉得会怎么样呢?我们会不会被逼进一个进退两难的境地?"

"我尊敬你,对谁都问心无愧。只是朋友之间见个面,有什么不行呢?"

"之前是这样啊。就像你说的。我只是觉得你很优秀。可以后怎么样就不知道了。明明没做什么可耻的事,可我却经常做可怕的梦。每当做这样的梦,我都觉得是上帝在警示我。"

"未来"这个词铿锵有力,令我战栗。

"这样继续下去,我们双方都会痛苦。一旦开始痛苦了,不就全都晚了吗?我们现在做的事情,不会是在玩火吗?"

"玩火?你以为我们会干什么呢?"

"有很多啊,我觉得。"

"这些事都是玩火吗?我们其实只是像玩水啦。"

她没有笑。说话间,时而紧紧地绷住嘴唇。

"我最近开始觉得自己是一个很可怕的女人。觉得自己是个精神肮脏的坏女人。除了丈夫,其他男人我是连做梦都不能去想的。我已经决定今年秋天受洗了。"

园子有些自我陶醉,漫不经心地进行了这样的自白。我反而顺着女人心理的反证,揣测出她无意识的欲望,即想要说出她不该说的话。我既没有权利因此感到高兴,也没有权利因此感到悲伤。我原本对她的丈夫就没有丝毫的嫉妒,又如何能动摇、肯定或否定这个资格或权利呢?我沉默不语。在盛夏的炎热中,看着自己苍白柔弱的手,我陷入了绝望。

"现在呢?"

"现在?"

她垂下视线。

"你现在在想谁?"

"……当然是我丈夫啊。"

"那就没有必要受洗了。"

"有必要啦……我害怕。我感觉自己的心还在剧烈地摇摆。"

"那现在呢?"

"现在?"

园子抬起认真的视线,好像并不是要问谁。这双眼睛的美举世罕见。宿命般深沉的眼睛一眨不眨,时时刻刻歌唱着像泉水一样流淌的感情。每当看到这双眼睛,我就会突然失语。我把抽了一半的香烟扔向稍远处的烟灰缸里，结果却砸倒了细长的花瓶。水全都洒在了桌子上。

服务员过来擦桌子。他擦着被水浸皱的桌布，这让我们感觉很不舒服。于是我们提前一点离开了餐馆。盛夏的大街上行人如织，到处弥漫着焦躁的情绪。健康的恋人们挽起袖子，昂首挺胸地从我们身边走过。仿佛一切都朝我投来轻蔑的目光。轻蔑就像夏天的烈日一样把我灼伤。

又过了三十分钟，到了我们分别的时刻。我产生了一种感觉，虽然不能断定这种感觉来自离愁别绪，但一种让人误以为是激情的阴暗的神经性焦躁，就像一种和油画颜料一样浓郁的涂料，为这三十分钟涂上了色彩。舞厅的扩音器把节奏疯狂的伦巴舞曲洒在大街上。我在一个舞厅的门口停了下来。因为，我突然想起以前自己读过的一句诗。

　　……纵然如此，那
　　依然是没有终结的舞蹈。

剩下的部分我都忘了。我记得好像是安德烈·萨尔蒙[1]的

---

[1] 安德烈·萨尔蒙(André Salmon, 1881—1969)，法国诗人、艺术家和作家，与日本作家堀口大学有交往。堀口大学在其译诗集《月下的一群》中，曾翻译了他的五首诗，其中包括这一首《舞蹈》。此处引用日文原文为堀口大学的译文。

诗。园子没有进过舞厅，但是为了陪我跳三十分钟的舞，她跟我走了进去。

舞厅里拥挤不堪。很多人都是这里的常客。他们午间偷闲，随便把单位的午休时间延长一两个小时，到这里跳舞。热气扑在脸上。不仅换气设备老旧不堪，而且为了挡住外面的阳光，窗子上还挂着厚厚的窗帘。舞厅里的空气异常闷热。灯光照出像雾一样的尘埃，在闷热的空气中沉重地摇晃。汗水味、廉价的香水和润发油的气味夹杂在一起。在这个舞厅里跳舞的都是些什么样的人，不用说也都知道。我开始后悔把园子带到这里了。

但是，现在也不能转身离开了。我们不情不愿地拨开跳舞的人群，走了进去。稀疏的几台电风扇几乎吹不出像样的风。舞女和穿着夏威夷花衬衫的年轻人满头大汗地把额头贴在一起，尽情地跳着舞。舞女鼻子旁边变得黑黑的，好像是汗水打湿脂粉起的泡。后背的舞裙比刚才的桌布还脏，全都湿透了。刚要开始跳舞，汗水就顺着胸口流了下来。园子痛苦地轻叹了一口气。

前面有一个用不合时宜的假花扎成的拱门。为了呼吸一下新鲜空气，我们穿过拱门，来到院子里，坐在简易的长凳上休息。这里虽然有新鲜的空气，可是混凝土地面的返照却把强烈的热气投在阳光下的凳子上。嘴上粘着可口可乐的甜味。我能够感觉得到，一切事物对我的轻蔑带给我的痛苦感觉也让园子沉默了。我无法忍受时间在沉默中流逝，把视线转向周围。

一个胖胖的女孩用手绢扇着胸口，忧郁地倚墙而立。摇摆乐队正在演奏快步舞曲。院子的盆栽杉树，斜着摆放在皲裂的地面上。遮阳伞下的椅子上坐满了人，阳光下的椅子上几乎看不到人影。

但是，有几个人聚在一起，坐在阳光下的椅子上，旁若无人地谈笑风生。那是两个姑娘和两个青年男子。一个姑娘手上笨拙地夹着一支香烟，装模作样地放到嘴边。每当这时她就会发出一阵小声的咳嗽。她们都穿着款式奇怪的连衣裙，好像是由和服便装改成的，胳膊裸露在外。和渔家女一样的赤红胳膊上，到处都是蚊虫叮咬的痕迹。每当听到年轻男子粗鄙的玩笑，她们都会对视一眼，故意夸张地大笑。盛夏的骄阳照在头上，她们好像也并不特别在意。其中一个年轻男子穿着夏威夷花衬衫，长着一张阴险狡狯的脸，面色有些苍白，但胳膊却很壮实，嘴角不时地浮现出猥琐的笑容。他时而用手指戳一下女人的胸，逗她们发笑。

另一个年轻男子吸引了我的视线。他大约二十二三岁，长相虽然粗野，但皮肤黝黑，五官端正。他半身赤裸，解下被汗水打湿的灰白色腰布，然后再缠到腰上。他一边和朋友谈笑风生，一边好像故意似的，慢吞吞地缠着腰布。裸露的胸部肌肉结实紧凑，高高地隆起。两块胸肌之间形成一道深深的立体乳沟，从胸部的中央通向腹部。侧腹的肌肉像粗粗的绳纹，几块腹肌从左右两边收紧，盘踞在腹部。脏兮兮的灰白腰部紧紧地裹在柔滑、炽热而且厚实的腰部。半裸的肩部也晒得黝黑，像涂了油一样闪闪发亮。浓密的黑色腋毛从腋窝的褶皱间露出来，在炽热的阳光下蜷缩着，发出金灿灿的光芒。

看到这些的时候，尤其是看到他壮实的胳膊上的牡丹刺青时，我内心燃起了一股强烈的欲望。我热切地注视着这个粗野、野蛮却又无可比拟的俊美肉体。他在太阳下笑着。身子向后仰的时候，露出高高隆起的喉结。我的心头突然掠过一种奇妙的悸动。我已经无法从他身上转开视线了。

我忘了园子的存在，已经开始浮想联翩。在我的想象里，他半裸着身子，走到盛夏的大街上，与地痞流氓打了起来。锐利的匕首刺穿他的腰带，刺进他腰部的肉里。脏兮兮的腰带被鲜血染出美丽的花纹。他沾满鲜血的尸体躺在木板上，又被人抬回这个院子……

"就剩五分钟了。"

园子高亢而哀切的声音刺进我的耳朵。我一脸疑惑地转向园子。

就在这一瞬间，我心中的某种东西被一种残酷的力量撕成了两半。就像一棵鲜活的大树被雷劈成了两半一样。我听到自己费尽心机精心垒砌的建筑轰然崩塌的巨响。我感觉自己仿佛看到"存在"变为"不在"的瞬间。我闭上眼睛，仓促间求救于冰冷的义务观念。

"就剩五分钟了啊。对不起，把你带到这种地方。你没生气吧？这些下等人打扮成这种下等的样子。像你这样的人，看了只会脏了眼睛，不能看的。据说这个舞厅的做法也太不果断，三番五次地拒绝，可是那帮家伙还是要来跳舞。"

然而，只有我在看他们。她并没有看。她受过良好的教育，知道非礼勿看。她只是茫然地盯着舞厅里那些看客的背影。他们排成一排，看着舞池中跳舞的人们，汗流浃背。

虽说如此，这个舞厅里的空气却好像在不知不觉间让园子的心产生了一种化学变化。不久，她好像要说什么似的，谨慎的嘴角泛起一种试探性的微笑，或者说是一种微笑的征兆。

"我问你个问题啊，你别见怪。你也有过了吧。就是那种事，有过了吧。"

我感到浑身无力。但一个像法天一样的东西还残留在我的心里。它间不容发地让我说出了一个看似最为合情合理的答案。

"嗯，有过了。很遗憾。"

"什么时候？"

"去年春天。"

"和谁？"

——这个优雅的疑问让我感到吃惊。她认为对方肯定是她认识的女人。

"我不能告诉你对方的名字。"

"是谁啊?"

"不要问了。"

或许是因为在我的回答中听出了一种过于明显的哀求,她好像吃了一惊,不再说话了。我拼命地掩饰,唯恐她看出我的脸色变得苍白。我焦急地等待分别的时刻。卑俗的蓝调乐曲缓慢地塞满剩下的时间。扩音器里传来感伤的歌曲,我们坐着一动不动。

我和园子几乎同时看了一下手表。

到时间了。我站起身的时候,又偷偷看了一眼阳光下的椅子。那几个人大概已经去跳舞了。只有几把空荡荡的椅子放在炽烈的阳光下。洒在桌子上的饮料,在阳光下发出刺眼的光芒。

一九四九年四月二十七日

译后记

　　日本关东大地震后的第三年,大正时代即将结束的1925年,三岛由纪夫出生于日本东京,原名平冈公威。祖父平冈定太郎生于兵库县的农村,毕业于东京帝国大学,曾任福岛县知事,在殖民地桦太厅任职期间因受政治冤案的牵连辞职;祖母夏子则出身名门,性情狷介孤傲。

　　从这些简单的叙述即可看出,《假面的告白》虽然是虚构文学,但在很大程度上可以视为三岛由纪夫的自传性作品,其中提到的"我"的各种经历,甚至具体到时间细节,都能从三岛由纪夫本人的作品和各种文献资料中得到验证。

　　正如《假面的告白》中提到的,三岛由纪夫出生后不久即被祖母"夺走"亲自抚养。三岛由纪夫的祖母夏子的祖父曾在江户幕府任要职,夏子本人则作为家族长女从十二岁开始即寄养在明治天皇最信任的皇族政治家、军人有栖川宫炽仁亲王家当礼仪见习,直到十七岁结婚。在她的影响下,三岛由纪夫自幼深受日本传统文化的熏陶,尤其在古典和戏剧方面有着深厚的造诣。从这一点上来说,祖母夏子无疑是三岛由纪夫的艺术启蒙者,在三岛由纪夫的许多作品中,都能看到祖母的影子。诸如《好色》《伟大的姊妹》等这些以祖母或其娘家人为原型创作的小说自不必说,就连《爱的饥渴》中，对弥吉及其妻子的描写，似乎也可以看出其祖父和祖母的关系。

母亲倭文重是对三岛由纪夫的成长起到关键作用的另一个人物。倭文重出身于汉学世家，有着深厚的汉文功底，同时又受到大正民主思潮与浪漫主义文艺思潮（如耽美派等）的影响，用三岛由纪夫的话说，母亲曾是一个"时髦"的"艺术少女"。但她嫁到的平冈家，却是一个死板的官僚家庭，"完全没有艺术的氛围"，祖母虽然也喜欢美国电影和歌舞伎，但大体还是一个封建时代的旧女性。母亲因此失去了她"少女时代的梦想"，而把这个梦想寄托在三岛由纪夫身上。"我的诗歌和故事的第一读者是母亲。他以我拥有艺术天分为荣。"三岛由纪夫在该回忆中也这样写道。同样毕业于东京大学、供职于农林省的父亲起初希望三岛由纪夫从政，反对他进行文学创作，看到他写小说有时会给他撕掉，但母亲却一直支持他，"我的小说母亲都读过，而且进行各种点评。"

可以说，如果说作为旧时代女性的祖母的影响培养了三岛由纪夫的艺术才华，那母亲则是最早发现他的艺术才华的伯乐，也是他艺术上的知己。

《假面的告白》发表后两年，他以母亲和她的手记为素材创作了一部短篇私小说《椅子》，从内容上来看，可以与《假面的告白》相互印证，其中有一句话提及祖母和母亲，颇为有趣，摘译如下："祖母将我关在她的病房里，以为若非如此，我就会死掉。而母亲同样认为，那样（把我关在病房里）我会死掉。然而，现在我却活得好好的。"

祖母和母亲都爱着他，而关于母亲的爱，他则这样写道："所谓的爱，似乎是一种没有目的的神秘洞察力让我们坐立不安的感情，也是一种想象力，究其本质，不过是一种'解释'。"最后，他说自己并不像母亲眼中的自己那样可悲，"母亲在二楼的藤椅子上看到的我，难道不是母亲自身吗？"

不管怎样，在三岛由纪夫作为作家成长的过程中，母亲起到了重要的作用，也是最理解和支持他的人。事实上，这一点在《假面的告白》中也可以得到印证。在《假面的告白》中，母亲曾是一个"纤弱而美丽的新娘"，有着开明又洒脱的形象，这一点不仅与狷介孤傲的祖母，也与园子的母亲形成了较为鲜明的对比。我决定离开象征着日常生活的"园子"时，母亲就起到了决定性的作用。当时，园子的哥哥草野向"我"提起与园子的婚事，但"我"在这个猝不及防的要求面前退缩了，于是去征求母亲的意见，当我罗列出种种结婚的现实障碍后，母亲对这些世俗条件的反应却异常寡淡，小说中这样写道：

……我希望听到母亲固执的反对意见。但是，我的母亲却是一个性格无比宽容而平和的人。

"我有点不太明白呢。"母亲好像并没有太深入地思考,中间插嘴问道,"那你到底是什么感觉呢?喜欢还是讨厌啊?"

"这个嘛,我……"我停顿了一下,继续说道,"我并没有太认真啊。本来只是想随便玩玩的。可对方却认真起来,真是难办啊。"

"那事情就简单多了。把事情说清楚,对双方都好。反正人家也只是想问问你的意思。写封回信把你的意思说清楚就好了……我得走啦。你没什么事儿了吧?"

三岛由纪夫上中学时即发表了短篇小说《鲜花盛开的森林》,上大学时其短篇小说《中世》和《烟草》在川端康成的推荐下发表在重要文艺杂志《人间》上,自此开始在文坛崭露头角。大学毕业后,在父亲的要求下,三岛由纪夫进入大藏省工作(这一点在《假面的告白》中也有提及),创作了长篇小说《盗贼》,川端康成亦亲自作序推荐。1949年,辞去大藏省的工作后,三岛由纪夫专注于写作,出版了长篇小说《假面的告白》。

《假面的告白》以第一人称叙述,前半部分网罗了西方文学和艺术中各种有关同性恋的文献、典故与意象(详见文中脚注),讲述了"我"青少年时代的经历,而后半部分则以"我"和园子的交往为主线,讲述"我"试图扮演一个正常人、接近园子却最终选择逃离的过程。

三岛由纪夫随后创作的长篇小说《禁色》也是以同性恋为题材,在当时的社会上引起了不小的轰动,也有人据此推断三岛由纪夫本人具有同性恋倾向。对于这一点,三岛由纪夫本人生前未置可否。

不过,1964年在NHK面向中学生的文学家访谈(《国语研究、作家访问》)中,曾经言及同性恋话题。他这样说道:

> 我一向认为,爱的形式这种东西,一旦得到公认,就不再纯粹。……那种(得到公认的)爱,就会嵌入社会既定的框架里。那就已经是一种"成品",是在超市里贩卖的"爱"。而同性爱,因为不被允许,被世人投以厌恶的目光,人们有这种恐惧感作为爱的形式,才能达到纯粹。这是我写作"同性恋"题材的原因。

被嵌入世俗既定框架里的"爱"是大量生产的商品,而非艺术品,这一点可以说是《假面的告白》最重要的主题。在篇首题词引用的《卡拉马佐夫兄弟》片段中,已经开宗明义地点明了这一点,那就是"'美'

这种东西，真的太可怕了！它没有固定的规矩，所以才非常可怕"。而文中也不止一次提到"我"追求的"纯粹"。

《假面的告白》从"我"的幼年开始讲起，直到"我"和园子的"爱情"走向结束，但无疑叙述者"我"是站在结束后这个时点上进行的追述，从这个角度来说，前两章的铺垫是为了讲述"我"和园子未能走到一起的原因。而至于其原因，在"我"第一次遇到园子时就做好了铺垫。

因为好友草野即将应征入伍，"我"前往他家，第一次听到了园子"拙劣"的钢琴声，文中这样写道：

> ……草野入伍的日子一天天临近。我想他听到的也许不仅仅是隔壁传来的钢琴声，而且还有他即将被迫远离的日常生活，其中有一种拙劣而不尽人意的美好。那钢琴声就像一块照着食谱做的甜点，虽然做得不好，却令人感到亲切和安心。……

出身于中产阶级的园子无疑是世俗生活的象征，作为艺术的"她"虽拙劣而不尽人意，但作为世俗生活，却有一种令人安心的美好，譬如当我在车站月台上看到"园子"时，她给我的"感觉"是早晨的第一束晨光，也正如"我"的自述，"园子就像是我对正常、对精神、对永恒的爱的化身。"

两人交往的日常性让"我"感到恐惧,这体现了"我"的两个方向,一方面被日常生活的温暖吸引,另一方面又有强烈的对艺术美的追求。从这个角度来说,小说中提到的两个"灵媒",也是重要的设定,是解读这部小说非常关键的信息。关于近江的描写,有这样一段话刚好与上述关于"同性恋"的言论互为印证:

> 第一个反抗禁令的反叛者拥有一种不可思议的能力,那就将自己的"恶"转换为"叛逆"之名的"美"。……凡庸者的叛逆,永远都不过是劣质的模仿。为了品尝"叛逆"的美味,我们仅仅从近江的叛逆中剽窃了"漂亮袜子"这个表象,却总是小心翼翼地避开"叛逆"可能带来的风险。

如果说近江这个灵媒向"我"透露的是艺术之美,引"我"向"死亡",走向毁灭之美,那么额田这个灵媒向"我"透露的则是日常生活的温馨,引向额田的姐姐,引向草野一家,引"我"向生。

由上述可以看出,三岛由纪夫不是现实中的同性恋支持者,当然他也没有明确表示反对,他对战争的态度亦是如此(限于本部作品)。在作品中,"我"对战争和死亡的期待,始终只是基于对非日常的期待,而无论对于庸俗化的反战言论还是盲目的战争追随者，"我"都是白眼相向。"战争胜利也好，失败也罢，都跟我没有任何关系。我只是想重生罢了。"在三岛由纪夫的作品中，同性恋、战争、死亡这些非日常的事物，只是他完成艺术化表达的重要手段。对于艺术家三岛由纪夫来说，唯此不可。正像他在上述NHK的访谈中提到的那样，"所谓文学，就是这样在被人讨厌、嫌恶或排斥的东西中发现纯粹，以此来探寻人类真正的模样。"

从这个意义上来说，《假面的告白》既是平冈公威以"三岛由纪夫"这一假面所进行的艺术家宣言，又是三岛由纪夫戴着同性恋的"假面"完成的艺术品。在这其中，平冈公威的事实夹杂其间，也就是三岛由纪夫这副"假面"的"肉"。在《假面的告白》笔记及自序中，他曾如此写道：

> 只有深深嵌入肉体的假面，带着血肉的假面，才能完成告白。"告白"的本质是"告白"不可能。（《假面的告白》笔记）

> 在自传中，我并不想对真实这个偶像发誓忠诚。反而我会（在其中）放养谎言，让它们随心所欲地吃草。这些谎言吃饱肚子，就不会吃掉"真实"。（《假面的告白》序文）

很多作家都写过"自己年轻时代的艺术家的自画像",但我今天创作这部小说,是出于相反的欲求。……即便这部小说中的全部都是基于事实,但既然写的是作为艺术家的生活,那全部就都是虚构,是(现实中)不存在的。我试图创作一部完全虚构的告白,所谓假面的告白,就是这个意思。(《假面的告白》序文)

这里想要表达的是,只有谎言才能完成艺术的真实。他又说,"这本书的问题是诗。这里所说的 Sex 是诗。"也就是说,Sex 的书写,尤其是不被世俗允许的性的书写是手段,而这部作品是艺术。

三岛由纪夫是否为同性恋者都不重要。对于作为艺术家的"他"来说,同性恋和战争都是区别于被规训的日常与世俗的"非日常"的世界,是他借以完成艺术表达的手段。正如他本人在自序中所言,"我在这个丑怪的告白中赌上了自己的美学。"

从此意义上来说,三岛由纪夫对园子的拒绝,是作为艺术家的他对世俗生活的拒绝,而《假面的告白》是他辞去大藏省的工作成为专职作家后的第一部作品,因此本身可以视为三岛由纪夫舍弃世俗的艺术家宣言。这部作品也以高度的文学性和艺术性,奠定了三岛由纪夫在文坛不动的地位,亦成为日本战后文学的巅峰作品之一。

但是,如果从世俗的角度来看,他同时也这样写道:"我在这里写的这种生活,若没有艺术这个支柱,将会瞬间崩塌。"

值得一提的是,据美国著名学者、三岛由纪夫的挚友之一唐纳德·金回忆,《假面的告白》和《潮骚》同时被引进美国,在《假面的告白》翻译首先完成的情况下,美国出版方仍然选择首先出版《潮骚》,理由之一就是不希望给美国的读者留下三岛由纪夫是同性恋者的印象,"怕有辱三岛由纪夫的名声"。无论出版方的初衷如何,也无论这种对同性恋者的道德性判断是否妥当,但我想这种做法十分明智,因为三岛由纪夫首先是一个伟大的艺术家,然后才是其他。

1952年,《禁色》发表的当年,杂志《主妇之友》采访了三岛由纪夫和她的母亲。当时母亲倭文重提到自己阅读三岛作品的体会时,说道:"诸如性的问题、寡妇的爱情生活之类的,起初读来挺不是滋味。心想'我的孩子怎么写这些东西?'……但最近我想,要对作品进行点评,就必须抛弃母子关系,以一种冷静客观的态度进行阅读。于是,现在我会先抽一支烟,心情平静之后再读他的作品。这样一来,就一下变得清晰起来,也能对作品进行点评了。"我想,这也是我们阅读三岛由纪夫作品时的态度吧。抛掉平冈公威的世俗生活，才能更好地评价三岛由纪夫的艺术世界。

(后记中的引用，若非特殊说明，均译自新潮社《决定版三岛由纪夫全集》)

岳远坤

二〇二〇年九月于北京

图书在版编目（CIP）数据

假面的告白 /（日）三岛由纪夫著；岳远坤译 . — 北京：北京联合出版公司，2021.2
ISBN 978-7-5596-4851-8

Ⅰ . ①假… Ⅱ . ①三… ②岳… Ⅲ . ①长篇小说—日本—现代 Ⅳ . ① I313.45

中国版本图书馆 CIP 数据核字（2020）第 254036 号

假面的告白

作　　者：[日] 三岛由纪夫
译　　者：岳远坤
策划机构：雅众文化
策　划　人：方雨辰
出　品　人：赵红仕
特约编辑：王文洁
责任编辑：李艳芬
装帧设计：typo_d

北京联合出版公司出版
（北京市西城区德外大街83号楼9层　100088）
北京联合天畅文化传播公司发行
山东临沂新华印刷物流集团有限责任公司印刷　新华书店经销
字数123千字　　787毫米×1092毫米　　1/32　　7印张
2021年2月第1版　　2021年2月第1次印刷
ISBN 978-7-5596-4851-8
定价：48.00元

版权所有，侵权必究
未经许可，不得以任何方式复制或抄袭本书部分或全部内容
本书若有质量问题，请与本公司图书销售中心联系调换。电话：（010）64258472-800